Brasileiros 2

Este livro apresenta os mesmos textos ficcionais das edições anteriores.

O texto "Dezembro no bairro" foi revisto pela autora especialmente para esta edição.

PARA GOSTAR DE LER 9

Contos Brasileiros 2

CLARICE LISPECTOR • JOÃO ANTÔNIO
LYGIA FAGUNDES TELLES
MACHADO DE ASSIS • MOACYR SCLIAR
MURILO RUBIÃO • WANDER PIROLI

18ª edição
1ª impressão

editora ática

Diretor editorial adjunto
Fernando Paixão

Editora adjunta
Carmen Lucia Campos

Revisão
Ivany Picasso Batista (coord.)

Editora de arte
Suzana Laub

Editor de arte assistente
Antonio Paulos

Edição de arte
Ilustrações da capa e internas/*Mário Cafiero*
Caricaturas/*Alcy*

Colaboração na seleção de textos
Antonio Carlos A. Olivieri, Carlos Emílio Faraco, Icléa Mello Gonçalves, Laiz Barbosa de Carvalho, Lídia Maria de Moraes, Maria das Graças V. P. Santos

Colaboração na redação de textos
Malu Rangel, Margarete Moraes, Wagner D'Ávila

Criação do projeto original da coleção
Jiro Takahashi

Suplemento de leitura
Veio Libri

Editoração eletrônica
Studio 3 Desenvolvimento Editorial
Eduardo Rodrigues

Edição eletrônica de imagens
Cesar Wolf

Impresso pela Gráfica VIDA & CONSCIÊNCIA

ISBN 85 08 08411 0

2002
Todos os direitos reservados pela Editora Ática
Rua Barão de Iguape, 110 – CEP 01507-900
Caixa Postal 2937 – CEP 01065-970 – São Paulo – SP
Tel.: 0—11 3346-3000 – Fax: 0—11 3277-4146
Internet: http://www.atica.com.br
e-mail: editorial@atica.com.br

Sumário

A difícil arte da escrita 7

Encontros
   Cem anos de perdão, *Clarice Lispector* 11
   A armadilha, *Murilo Rubião* 16
   Trabalhadores do Brasil, *Wander Piroli* 22

Desencontros
   Cego e amigo Gedeão à beira da estrada, *Moacyr Scliar* 31
   Dezembro no bairro, *Lygia Fagundes Telles* 36
   Conto de escola, *Machado de Assis* 44

Fantasias
   Teleco, o coelhinho, *Murilo Rubião* 57
   Nós, o pistoleiro, não devemos ter piedade, *Moacyr Scliar* 65
   Um apólogo, *Machado de Assis* 67

Descobertas
   Macacos, *Clarice Lispector* 73
   Natal na barca, *Lygia Fagundes Telles* 76
   Festa, *Wander Piroli* 82
   Meninão do Caixote, *João Antônio* 84

Referências bibliográficas 102

Poém = contudo, mas, todavia

A difícil arte da escrita

Para Machado de Assis, autor de dois dos contos presentes neste volume, as idéias são como nozes: para saber o que está dentro de uma ou de outra, é preciso quebrá-las. Desta maneira, as idéias tomam forma, se transformam em palavras e formam desde poesias até grandes romances.
Porém, cada escritor se utiliza de diferentes métodos para reunir as idéias soltas.
João Antônio, por exemplo, vive os fatos antes de escrevê-los; não consegue inventar histórias e personagens que não tenham acontecido ou existido na realidade.
Lygia Fagundes Telles vê o escritor como um lutador de boxe, enfrentando lutas com muita paciência, humildade e até humor. De acordo com a escritora, nos descaminhos dessas lutas é que se percebe a inspiração e até a vocação verdadeira. Murilo Rubião também pensa de forma parecida: quando cria uma história, o escritor precisa passar por uma tremenda luta com a palavra, rasgando papel e revirando o texto...
Quando criança, Clarice Lispector pensava que os livros nasciam como as árvores ou

como os pássaros. Ao descobrir que existiam autores, e que eram eles os responsáveis por todas as idéias presentes nos livros, decidiu que seria escritora, e assim transmitiria todos os seus pensamentos na forma de palavra escrita.

Moacyr Scliar gosta mesmo de dar asas à imaginação, e se considera um perfeccionista em busca do ritmo exato da palavra: a idéia pode surgir, mas permanece um bom tempo rondando até se transformar em algo aproveitável.

Wander Piroli confessa a si mesmo que tira suas idéias de um apego desesperado à vida, escrevendo para que as coisas não acabem e não mudem.

Neste volume, todos estes escritores revelam modos de transformar pensamentos em letra corrida, em contos que trazem ótimos momentos de leitura. De maneiras e estilos diferentes eles mostram uma característica — e uma idéia — comum: a maestria e a paixão pelo ato de escrever.

Encontros

Cem anos de perdão

Clarice Lispector

Quem nunca roubou não vai me entender. E quem nunca roubou rosas, então, é que jamais poderá me entender. Eu, em pequena, roubava rosas.

Havia em Recife inúmeras ruas, as ruas dos ricos, ladeadas por palacetes que ficavam no centro de grandes jardins. Eu e uma amiguinha brincávamos muito de decidir a quem pertenciam os palacetes. "Aquele branco é meu." "Não, eu já disse que os brancos são meus." "Mas esse não é totalmente branco, tem janelas verdes." Parávamos às vezes longo tempo, a cara imprensada nas grades, olhando.

Começou assim. Numa das brincadeiras de "essa casa é minha", paramos diante de uma que parecia um pequeno castelo. No fundo, via-se o imenso pomar. E, à frente, em canteiros bem ajardinados, estavam plantadas as flores.

Bem, mas isolada no seu canteiro, estava uma rosa apenas entreaberta cor-de-rosa-vivo. Fiquei feito boba, olhando com admiração aquela rosa altaneira que nem mulher feita ainda não era. E então aconteceu: do fundo de meu coração, eu queria aquela rosa para mim. Eu queria, ah como eu queria. E não havia jeito de obtê-la. Se o jardineiro estivesse por ali, pediria a rosa, mesmo sabendo que ele nos expulsaria como se expulsam moleques. Não havia jardineiro à vista, ninguém. E as janelas, por causa do sol, estavam de venezianas fechadas. Era uma rua onde não passavam bondes e raro era o carro que aparecia. No meio do meu silêncio e do silêncio da rosa, havia o meu desejo de possuí-la como coisa só minha. Eu queria poder pegar nela. Queria cheirá-la até sentir a vista escura de tanta tonteira de perfume.

Então não pude mais. O plano se formou em mim instantaneamente, cheio de paixão. Mas, como boa realizadora que eu era, raciocinei friamente com minha amiguinha, explicando-lhe qual seria o seu papel: vigiar as janelas da casa ou a aproximação ainda possível do jardineiro, vigiar os transeuntes raros na rua. Enquanto isso, entreabri lentamente o portão de grades um pouco enferrujadas, contando já com o leve rangido. Entreabri somente o bastante para que meu esguio corpo de menina pudesse passar. E, pé ante pé, mas veloz, andava pelos pedregulhos que rodeavam os canteiros. Até chegar à rosa foi um século de coração batendo. Eis-me afinal diante dela. Paro um instante, perigosamente, porque de perto ela ainda é mais linda. Finalmente começo a lhe quebrar o talo, arranhando-me com os espinhos, e chupando o sangue dos dedos.

E, de repente — ei-la toda na minha mão. A corrida de volta ao portão tinha também de ser sem barulho. Pelo portão que deixara entreaberto, passei segurando a rosa. E então nós duas pálidas, eu e a rosa, corremos literalmente para longe da casa.

O que é que fazia eu com a rosa? Fazia isso: ela era minha.

Levei-a para casa, coloquei-a num copo d'água, onde ficou soberana, de pétalas grossas e aveludadas, com vários entretons de rosa-chá. No centro dela a cor se concentrava mais e seu coração quase parecia vermelho.

Foi tão bom.

Foi tão bom que simplesmente passei a roubar rosas. O processo era sempre o mesmo: a menina vigiando, eu entrando, eu quebrando o talo e fugindo com a rosa na mão. Sempre com o coração batendo e sempre com aquela glória que ninguém me tirava.

Também roubava pitangas. Havia uma igreja presbiteriana perto de casa, rodeada por uma sebe verde, alta e tão densa que impossibilitava a visão da igreja. Nunca cheguei a vê-la, além de uma ponta de telhado. A sebe era de pitangueira. Mas pitangas são frutas que se escondem: eu não via nenhuma. Então, olhando antes para os lados para ver se ninguém vinha, eu metia a mão por entre as grades, mergulhava-a dentro da sebe e começava a apalpar até meus dedos sentirem o úmido da frutinha. Muitas vezes, na minha pressa, eu esmagava uma pitanga madura demais com os dedos que ficavam como ensangüentados. Colhia várias que ia comendo ali mesmo, umas até verdes demais, que eu jogava fora.

 Nunca ninguém soube. Não me arrependo: ladrão de rosas e de pitangas tem cem anos de perdão. As pitangas, por exemplo, são elas mesmas que pedem para ser colhidas, em vez de amadurecer e morrer no galho, virgens.

Os encantamentos de Clarice Lispector

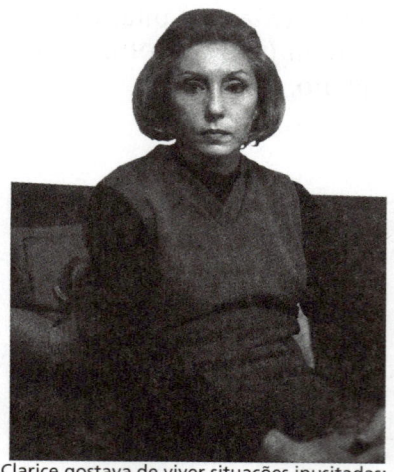

Clarice gostava de viver situações inusitadas: até participou de uma convenção de bruxas!

A ucraniana Clarice Lispector chegou ao Brasil com apenas dois meses, em 10 de dezembro de 1925, e começou a escrever assim que aprendeu as primeiras letras.

Com 16 anos, ela teve o seu primeiro emprego: redatora na Agência Nacional. Em 1942, foi para o jornal *A Noite* e logo escreveu seu primeiro romance, *Perto do coração selvagem*, publicado em 1944.

Nesta época, Clarice já tinha se formado na faculdade de Direito e decidiu viajar com o marido diplomata. Foi para a Itália e lá soube que seu livro recebera um prêmio. Em 1946, mudou-se para a Suíça e publicou *O lustre*.

Seis anos depois, ela foi para a Inglaterra, onde viveu por seis meses. Publicou *Alguns contos*. Entre 1956 e 1964, lançou *A maçã no escuro* e *A paixão segundo G. H.*, seguidos por *Laços de família*, *A legião estrangeira*, *Felicidade clandestina*, *Para não esquecer* e *A bela e a fera*.

Clarice publicou crônicas, fez perfis de personalidades da época e escreveu livros para crianças. Até participou de uma convenção de bruxas! Ela era conhecida como uma escritora intimista. Em suas próprias palavras: "Não tem pessoas que costuram para fora? Eu costuro para dentro".

Faleceu no Rio de Janeiro, a 9 de dezembro de 1977.

A armadilha

Murilo Rubião

Alexandre Saldanha Ribeiro. Desprezou o elevador e seguiu pela escada, apesar da volumosa mala que carregava e do número de andares a serem vencidos. Dez.

Não demonstrava pressa, porém o seu rosto denunciava a segurança de uma resolução irrevogável. Já no décimo pavimento, meteu-se por um longo corredor, onde a poeira e detritos emprestavam desagradável aspecto aos ladrilhos. Todas as salas encontravam-se fechadas e delas não escapava qualquer ruído que indicasse presença humana.

Parou diante do último escritório e perdeu algum tempo lendo uma frase, escrita a lápis, na parede. Em seguida passou a mala para a mão esquerda e com a direita experimentou a maçaneta, que custou a girar, como se há muito não fosse utilizada. Mesmo assim não conseguiu franquear a porta, cujo madeiramento empenara. Teve que usar o ombro para forçá-la. E o fez com tamanha violência que ela veio abaixo ruidosamente. Não se impressionou. Estava muito seguro de si para dar importância ao barulho que antecedera a sua entrada numa saleta escura, recendendo a mofo. Percorreu com os olhos os móveis, as paredes. Contrariado, deixou escapar uma praga. Quis voltar ao corredor, a fim de recomeçar a busca, quando deu com um biombo. Afastou-o para o lado e encontrou uma porta semicerrada. Empurrou-a. Ia colocar a mala no chão, mas um terror súbito imobilizou-o: sentado diante de uma mesa empoeirada, um homem de cabelos grisalhos, semblante sereno, apontava-lhe um revólver. Conservando a arma na direção do intruso, ordenou-lhe que não se afastasse.

Também a Alexandre não interessava fugir, porque jamais perderia a oportunidade daquele encontro. A sensação de medo fora passageira e logo substituída por outra mais intensa, ao fitar os olhos do velho. Deles emergia uma penosa tonalidade azul.

Naquela sala tudo respirava bolor, denotava extremo desmazelo, inclusive as esgarçadas roupas do seu solitário ocupante:

— Estava à sua espera — disse, com uma voz macia.

Alexandre não deu mostras de ter ouvido, fascinado com o olhar do seu interlocutor. Lembrava-lhe a viagem que fizera pelo mar, algumas palavras duras, num vão de escada.

O outro teve que insistir:

— Afinal, você veio.

Subtraído bruscamente às recordações, ele fez um esforço violento para não demonstrar espanto:

— Ah, esperava-me? — Não aguardou resposta e prosseguiu exaltado, como se de repente viesse à tona uma irritação antiga: — Impossível! Nunca você poderia calcular que eu chegaria hoje, se acabo de desembarcar e ninguém está informado da minha presença na cidade! Você é um farsante, mau farsante. Certamente aplicou sua velha técnica e pôs espias no meu encalço. De outro modo seria difícil descobrir, pois vivo viajando, mudando de lugar e nome.

— Não sabia das suas viagens nem dos seus disfarces.

— Então, como fez para adivinhar a data da minha chegada?

— Nada adivinhei. Apenas esperava a sua vinda. Há dois anos, nesta cadeira, na mesma posição em que me encontro, aguardava-o certo de que você viria.

Por instantes, calaram-se. Preparavam-se para golpes mais fundos ou para desvendar o jogo em que se empenhavam.

Alexandre pensou em tomar a iniciativa do ataque, convencido de que somente assim poderia desfazer a placidez

do adversário. Este, entretanto, percebeu-lhe a intenção e antecipou-se:
— Antes que me dirija outras perguntas — e sei que tem muitas a fazer-me — quero saber o que aconteceu com Ema.
— Nada — respondeu, procurando dar à voz um tom despreocupado.
— Nada?
Alexandre percebeu a ironia e seus olhos encheram-se de ódio e humilhação. Tentou revidar com um palavrão. Todavia, a firmeza e a tranqüilidade que iam no rosto do outro venceram-no.
— Abandonou-me — deixou escapar, constrangido pela vergonha. E numa tentativa inútil de demonstrar um resto de altivez, acrescentou: — Disso você não sabia!
Um leve clarão passou pelo olhar do homem idoso:
— Calculava, porém desejava ter certeza.

Começava a escurecer. Um silêncio pesado separava-os e ambos volveram para certas reminiscências que, mesmo contra a vontade deles, sempre os ligariam.
O velho guardou a arma. Dos seus lábios desaparecera o sorriso irônico que conservara durante todo o diálogo. Acendeu um cigarro e pensou em formular uma pergunta que, depois, ele julgaria desnecessária. Alexandre impediu que a fizesse. Gesticulando, nervoso, aproximara-se da mesa:
— Seu caduco, não tem medo que eu aproveite a ocasião para matá-lo. Quero ver sua coragem, agora, sem o revólver.
— Não, além de desarmado, você não veio aqui para matar-me.
— O que está esperando, então?! — gritou Alexandre. — Mate-me logo!
— Não posso.
— Não pode ou não quer?
— Estou impedido de fazê-lo. Para evitar essa tentação, após tão longa espera, descarreguei toda a carga da arma no teto da sala.

Alexandre olhou para cima e viu o forro crivado de balas. Ficou confuso. Aos poucos, refazendo-se da surpresa, abandonou-se ao desespero. Correu para uma das janelas e tentou atirar-se através dela. Não a atravessou. Bateu com a cabeça numa fina malha metálica e caiu desmaiado no chão.

Ao levantar-se, viu que o velho acabara de fechar a porta e, por baixo dela, iria jogar a chave.

Lançou-se na direção dele, disposto a impedi-lo. Era tarde. O outro já concluíra seu intento e divertia-se com o pânico que se apossara do adversário:

— Eu esperava que você tentaria o suicídio e tomei precaução de colocar telas de aço nas janelas.

A fúria de Alexandre chegara ao auge:

— Arrombarei a porta. Jamais me prenderão aqui!

— Inútil. Se tivesse reparado nela, saberia que também é de aço. Troquei a antiga por esta.

— Gritarei, berrarei!

— Não lhe acudirão. Ninguém mais vem a este prédio. Despedi os empregados, despejei os inquilinos.

E concluiu, a voz baixa, como se falasse apenas para si mesmo:

— Aqui ficaremos: um ano, dez, cem ou mil anos.

O mundo mágico de Murilo Rubião

Os conflitos e contrastes de todos nós são retratados nos contos de Murilo Rubião.

Este mineiro nasceu em 1916. Seu primeiro emprego foi como redator do jornal *Folha de Minas*, aos 22 anos, quando ainda cursava a faculdade de Direito. Apenas em 1945 publicou o primeiro livro, *O olho mágico* (contos).

Em 1953 publicou *A estrela vermelha* (contos). Nos oito anos que se seguiram, Rubião desenvolveu várias atividades no funcionalismo público, tendo até trabalhado como adido cultural junto à Embaixada do Brasil, em Madri.

Em 1961, reassumiu suas funções no Estado e fez parte da equipe que criou o importante suplemento literário do jornal *Minas Gerais*. Publicou *O pirotécnico Zacarias*, seu livro mais conhecido, *A casa do girassol vermelho* e *O convidado*.

Murilo Rubião ocupa lugar de grande importância na literatura brasileira por ter sido o precursor do realismo fantástico no país. Como os velhos contadores de "causos" do interior, o autor usa o sobrenatural, o insólito e o inverossímil para fazer um retrato do ser humano, seus conflitos e contradições.

Morreu em 16 de setembro de 1991, na cidade de Belo Horizonte.

Trabalhadores do Brasil

Wander Piroli

Como uma ilha entre as pessoas que se comprimiam no abrigo de bonde, o homem mantinha-se concentrado no seu serviço. Era especialista em colorir retrato e fazia caricatura em cinco minutos. No momento ele retocava uma foto de Getúlio Vargas, que mostrava um dos melhores sorrisos do presidente morto.

O homem estava sentado num tamborete rústico, com os joelhos cruzados e a cabeça baixa. À sua direita havia uma mesinha de desarmar, entulhada de lápis de vários tipos e cores, folhas de papel em branco, borrachas, tesoura e um pouco de estopa. Havia ainda uma tabuleta em cima da pequena mesa, apoiando-se na pilastra onde estavam expostos seus trabalhos: fotografias coloridas de grandes personalidades e caricaturas também de grandes personalidades.

Nem sequer a chegada do bonde fez o homem levantar a cabeça. Trabalhava variando de lápis calmamente, como se não tivesse nenhuma pressa ou mesmo não desejasse terminar o serviço. Getúlio na foto continuava sorrindo para o homem com um de seus melhores sorrisos.

Uma mulher esturrada, de alpargata e vestido muito largo, aproximou-se e parou à sua frente. O homem levantou a cabeça:

— Você, Maria.

Ela moveu o rosto com dificuldade e fez o possível para sorrir, fixando atenta e profundamente a cara do homem.

— Aconteceu alguma coisa?

— Não — murmurou a mulher.
O homem pôs a fotografia e o lápis na mesa e esperou que a mulher falasse. Olhavam-se como duas pessoas de intensa convivência.
— Não houve mesmo nada? — tornou o homem.
— Claro que não, Zé. Eu vim à toa.
— E os meninos?
— Mamãe está lá com eles.
— Como é que você arranjou para chegar até aqui?
— Uai, eu vim.
— A pé? Você não devia ter vindo, Maria. Estou achando que houve alguma coisa.
— Não teve nada, não. Mamãe chegou lá em casa e então eu aproveitei para dar um pulo até aqui.
— Ah — o homem sorriu. E uma onda de carinho, quase imperceptível, assomou-lhe o rosto lento e sofrido.
— Fez alguma coisa hoje, Zé?
— Fiz um — respondeu levantando-se. — Senta aqui. Você deve estar cansada.
A mulher sentou no tamborete, desajeitada.
— Você não devia ter vindo, Maria — disse o homem.
— Eu sei, mas me deu vontade. Mamãe ficou lá com os meninos.
— Mas ela não estava doente?
— Você sabe como mamãe é.
— E o Tonhinho?
— Está lá.
— O carnegão saiu?
A mulher fez sim com a cabeça e em seguida olhou para o abrigo, onde havia pequenas lojas de frutas, café, pastelaria.
— Espera um pouquinho aí — disse o homem, e caminhou na direção de uma das lojas.
A mulher permaneceu sentada no tamborete, observou por um momento o vendedor de agulhas, que continuava gritando, depois deteve a vista na foto de Getúlio Vargas sorrindo para os trabalhadores do Brasil. O homem reapareceu com um saquinho manchado de gordura.

23

— Esses pastéis.
— Oh, Zé, para que você fez isso?
— Vamos, come um.
— Você não devia ter comprado.
— Vamos.
A mulher retirou um pastelzinho do saco e começou a mastigá-lo com muito prazer.
— Come o outro, Zé.
— Já comi uns dois hoje. Esse outro também é seu.
— Então eu vou levar ele pros meninos.
— É pior, Maria.
O homem ficou de pé, ao lado da mulher, observando-a comer o segundo pastel. A mulher acabou de comer, limpou a boca na manga do vestido e fez menção de levantar-se:
— Fica aqui, Zé. Pode aparecer alguém.
— Não, eu passei a manhã toda assentado.
A mulher sentada e o homem em pé conservaram-se silenciosos durante um breve e ao mesmo tempo longo momento, ora olhando um para o outro, ora cada um olhando as pessoas agora espalhadas no abrigo ou não olhando coisa nenhuma. A mulher se ergueu:
— Acho que eu vou andando.
— Já vai?
— Mamãe não agüenta eles, você sabe.
— Ah, é mesmo. Você não devia ter vindo.
O homem tirou uma nota do bolso de dentro do paletó e estendeu-a para a mulher.
— Volta de bonde.
— Não, Zé.
— É muito longe, criatura.
— Não.
— Ora, minha nega.
A mulher pegou o dinheiro com a mão indecisa.
— Vou ver se levo.
O homem assentiu com a cabeça, abriu a boca mas não disse nada. A mulher desviou o rosto e piscou os olhos várias vezes.

— Não chega tarde não, viu, Zé.
— Chego não.
— Você vai fazer.
— Hoje eu sei que vai melhorar.
— Vai sim, Zé. Eu sei que vai. Eu sei.

A mulher se afastou rapidamente, sem voltar o rosto. O homem empinou-se um pouco para vê-la atravessar a rua. Depois sentou no tamborete e pegou um lápis e o retrato.

Durante muito tempo o homem permaneceu com a cabeça baixa, imóvel dentro de sua ilha, curvado sobre a foto que mostrava o presidente morto com aquele sorriso de seus melhores dias.

O humor menino de
Wander Piroli

Mesmo nos momentos mais difíceis, Wander cultivou seu maior sonho: escrever.

Wander Piroli nasceu em 30 de março de 1930. Adolescente, dedicou-se ao futebol mas aos 16 anos abandonou a carreira para trabalhar na Secretaria da Agricultura em Minas Gerais.

Em 1950, teve seu primeiro trabalho literário, *O troco*, publicado no jornal *Estado de Minas*. Em 1958, formou-se em Direito e exerceu a advocacia até 1963, quando entrou para o jornalismo através do semanário *O Binômio*.

Em 1964 começou a ditadura militar no Brasil. Wander Piroli não concordava com a situação. Foi perseguido e ficou desempregado, com mulher e três filhos para sustentar.

Em 1973 conseguiu publicar seu primeiro livro, *A mãe e o filho da mãe* (contos). Em 1975, saiu seu primeiro livro infantil, *O menino e o pinto do menino*. Em 1976, lançou *Os rios morrem de sede*, que recebeu o prêmio Jabuti da Câmara Brasileira do Livro.

Dois anos depois foi a vez de *Macacos me mordam*. Já *A máquina de fazer amor* (contos) foi lançado em 1980 e *Os dois irmãos* (infantil), em 1982. Wander Piroli foi editado até na Bulgária, onde também foram publicados *O menino e o pinto do menino* e *Os rios morrem de sede*.

Desencontros

Cego e amigo Gedeão à beira da estrada

Moacyr Scliar

— Este que passou agora foi um Volkswagen 1962, não é, amigo Gedeão?
— Não, Cego. Foi um Simca Tufão.
— Um Simca Tufão?... Ah, sim, é verdade. Um Simca potente. E muito econômico. Conheço o Simca Tufão de longe. Conheço qualquer carro pelo barulho da máquina. Este que passou agora não foi um Ford?
— Não, Cego. Foi um caminhão Mercedinho.
— Um caminhão Mercedinho! Quem diria! Faz tempo que não passa por aqui um caminhão Mercedinho. Grande caminhão. Forte. Estável nas curvas. Conheço o Mercedinho de longe... Conheço qualquer carro. Sabe há quanto tempo sento à beira desta estrada ouvindo os motores, amigo Gedeão? Doze anos, amigo Gedeão. Doze anos.
É um bocado de tempo, não é, amigo Gedeão? Deu para aprender muita coisa. A respeito de carros, digo. Este que passou não foi um Gordini Teimoso?
— Não, Cego. Foi uma lambreta.
— Uma lambreta... Enganam a gente, estas lambretas. Principalmente quando eles deixam a descarga aberta.
Mas como eu ia dizendo, se há coisa que eu sei fazer é reconhecer automóvel pelo barulho do motor. Também, não é para menos: anos e anos ouvindo!

Esta habilidade de muito me valeu, em certa ocasião...
Este que passou não foi um Mercedinho?

— Não, Cego. Foi o ônibus.

— Eu sabia: nunca passam dois Mercedinhos seguidos. Disse só pra chatear. Mas onde é que eu estava? Ah, sim. Minha habilidade já me foi útil. Quer que eu conte, amigo Gedeão? Pois então conto. Ajuda a matar o tempo, não é? Assim o dia termina mais ligeiro. Gosto mais da noite: é fresquinha, nesta época. Mas como eu ia dizendo: há uns anos atrás mataram um homem a uns dois quilômetros daqui. Um fazendeiro muito rico. Mataram com quinze balaços. Este que passou não foi um Galaxie?

— Não. Foi um Volkswagen 1964.

— Ah, um Volkswagen... Bom carro. Muito econômico. E a caixa de mudanças muito boa. Mas, então, mataram o fazendeiro. Não ouviu falar? Foi um caso muito rumoroso. Quinze balaços! E levaram todo o dinheiro do fazendeiro. Eu, que naquela época já costumava ficar sentado aqui à beira da estrada, ouvi falar no crime, que tinha sido cometido num domingo. Na sexta-feira, o rádio dizia que a polícia nem sabia por onde começar. Este que passou não foi um Candango?

— Não, Cego, não foi um Candango.

— Eu estava certo que era um Candango... Como eu ia contando: na sexta, nem sabiam por onde começar.

Eu ficava sentado aqui, nesta mesma cadeira, pensando, pensando... A gente pensa muito. De modos que fui formando um raciocínio. E achei que devia ajudar a polícia. Pedi ao meu vizinho para avisar ao delegado que eu tinha uma comunicação a fazer. Mas este agora foi um Candango!

— Não, Cego. Foi um Gordini Teimoso.

— Eu seria capaz de jurar que era um Candango. O delegado demorou a falar comigo. De certo pensou: "Um cego? O que pode ter visto um cego?" Estas bobagens, sabe como é, amigo Gedeão. Mesmo assim, apareceu, porque estavam tão atrapalhados que iriam até falar com uma pedra. Veio o

delegado e sentou bem aí onde estás, amigo Gedeão. Este agora foi o ônibus?
— Não, Cego. Foi uma camioneta Chevrolet Pavão.
— Boa, esta camioneta, antiga, mas boa. Onde é que eu estava? Ah, sim. Veio o delegado. Perguntei: "Senhor delegado, a que horas foi cometido o crime?" — "Mais ou menos às três da tarde, Cego" — respondeu ele. "Então" — disse eu. — "O senhor terá de procurar um Oldsmobile 1927. Este carro tem a surdina furada. Uma vela de ignição funciona mal. Na frente, viajava um homem muito gordo. Atrás, tenho certeza, mas iam talvez duas ou três pessoas." O delegado estava assombrado. "Como sabe de tudo isto, amigo?" — era só o que ele perguntava. Este que passou não foi um DKW?
— Não, Cego. Foi um Volkswagen.
— Sim. O delegado estava assombrado. "Como sabe de tudo isto?" — "Ora, delegado" — respondi. — "Há anos que sento aqui à beira da estrada ouvindo automóveis passar. Conheço qualquer carro. Sei mais: quando o motor está mal, quando há muito peso na frente, quando há gente no banco de trás. Este carro passou para lá às quinze para as três; e voltou para a cidade às três e quinze." — "Como é que tu sabias das horas?" — perguntou o delegado. — "Ora, delegado"— respondi. — "Se há coisa que eu sei — além de reconhecer os carros pelo barulho do motor — é calcular as horas pela altura do sol." Mesmo duvidando, o delegado foi... Passou um Aero Willys?
— Não, Cego. Foi um Chevrolet.
— O delegado acabou achando o Oldsmobile 1927 com toda a turma dentro. Ficaram tão assombrados que se entregaram sem resistir. O delegado recuperou todo o dinheiro do fazendeiro, e a família me deu uma boa bolada de gratificação. Este que passou foi um Toyota?
— Não, Cego. Foi um Ford 1956.

Moacyr Scliar, o doutor das letras

Duas paixões dividem a vida de Moacyr Scliar: a medicina e a literatura.

Moacyr Scliar nasceu em Porto Alegre, a 23 de março de 1937. Estreou na grande imprensa em 1952. Quatro anos depois ganhou o primeiro lugar em um concurso da União Internacional dos Estudantes.

A partir de 1962, já formado médico, Scliar dividia seu tempo entre a medicina pública e a vida de escritor. Publicou, então, seu primeiro livro de contos, *Histórias de médico em formação*. Em 1968, ganhou o prêmio da Academia Mineira de Letras por *O carnaval dos animais* (contos). Seu primeiro romance, *A guerra no Bom Fim*, saiu em 1972 e, dois anos depois, lançou o premiado *O exército de um homem só*.

Moacyr Scliar passou a publicar um livro por ano, mantendo sempre a medicina como principal atividade remunerada. Muitas de suas obras mostram um enfoque político-social baseado no contato do autor com o povo pobre em seu trabalho na Saúde Pública.

Uma de suas obras mais recentes, *A mulher que escreveu a Bíblia*, lançado em 2000, ganhou o principal prêmio literário brasileiro, o Jabuti.

Atualmente, Moacyr Scliar é colunista dos jornais *Zero Hora* e *Folha de S.Paulo*.

Dezembro no bairro

Lygia Fagundes Telles

O cinema no porão da nossa casa não tinha dado certo porque antes mesmo do intervalo o Pedro Piolho pôs-se a berrar que não estava enxergando nada, que aquilo tudo era uma grandessíssima porcaria. Queria o dinheiro de volta. Os outros meninos também começaram a vaiar, ameaçando quebrar as cadeiras. Foi quando apareceu minha mãe mandando que toda a gente calasse a boca. E exigindo que devolvêssemos o dinheiro das entradas. Proibiu ainda que fizéssemos outras sessões iguais. E levou a cesta de pão que eu segurava no colo, estava combinado que no intervalo eu devia sair anunciando *Balas, bombons, chocolates!*... Embora houvesse na cesta apenas um punhado de rebuçados de Lisboa.

— Você não presta como chefe — disse meu irmão ao Maneco. — Com que dinheiro agora vamos fazer o presépio? Eu avisei que o projetor não estava funcionando. Não avisei?

Maneco era o filho do Marcolino, um vagabundo do bairro. Magro e encardido, tinha os cabelos mais negros que já vi em minha vida.

— Mas só falta comprarmos o céu — retrucou o Maneco. — Papel de seda azul para o céu e o papel prateado para as estrelas, eu já disse que faço as estrelas. Não fiz da outra vez?

— Não quero saber de nada. Agora o chefe sou eu.

— É o que vamos decidir lá fora — ameaçou Maneco avançando para o meu irmão.

Foram para a rua. Em silêncio seguimos todos atrás. A luta travou-se debaixo da árvore, uma luta desigual porque

meu irmão, que era um touro de forte, logo de saída atirou Maneco no chão e montou em cima. Mordeu-lhe o peito.
— Pede água! Pede água!
Foi aí que apareceu o Marcolino. Agarrou o filho pelos cabelos, sacudiu-o no ar e deu-lhe um bofetão que o fez rodopiar até se estender no meio da calçada.
— Em casa a gente conversa melhor — disse o homem apertando o cinto das calças. A noite estava escura mas mesmo assim pudemos ver que ele estava bêbado. — Vamos embora, anda!
Maneco limpou na mão o sangue do nariz. Seus cabelos formavam uma espécie de capacete negro caindo na testa até as sobrancelhas. Fechou no peito a camisa rasgada e seguiu o pai.

— Os meninos já entraram? — perguntou minha mãe quando me viu chegar.
— Estão se lavando lá no tanque.
Ela ouvia uma novela no rádio. E cerzia meias.
— Que é que vocês estavam fazendo?
— Nada...
— O Maneco estava com vocês?
— Só um pouco, foi embora logo.
— Esse menino é doente e essa doença pega, já avisei mil vezes! Não mandei se afastarem dele, não mandei? Um pobre de um menino pesteado e com o pai daquele jeito...
— É que o céu do nosso presépio queimou, mãe! Não sei quem acendeu aquela vela e o céu pegou fogo. O Natal está chegando e só ele é que sabe cortar as estrelas, só ele é que sabe.
— Vocês andam impossíveis! Continuem assim e veremos se vai ter presente no sapato.
Já sabíamos que o Papai Noel era ela. Ou então, o pai, quando calhava de voltar das suas viagens antes do fim do ano. Mas ambos insistiam em continuar falando no santo que devia descer pela lareira, a tal lareira que por sinal nunca tivemos. Então a gente achava melhor entrar no jogo com a maior cara-de-pau do mundo. Eu chegava ao ponto de escrever

bilhetinhos endereçados a Papai Noel pedindo-lhe tudo o que me passava pela cabeça. Minha mãe lia os bilhetes, guardava-os de novo no envelope e não dizia nada. Já meus irmãos, mais audaciosos, tentavam forçar o cadeado da cômoda onde ela ia escondendo os presentes: enfiavam pontas de faca nas frestas das gavetas, cheiravam as frestas, trocavam idéias sobre o que podia caber lá dentro e se torciam de rir com as obscenidades que prometiam escrever nas suas cartas. Mas quando chegava dezembro, nas vésperas da grande visita, ficavam delicadíssimos. Faziam aquelas caras de piedade e engraxavam furiosamente os sapatos porque estava resolvido que Papai Noel deixaria uma barata no sapato que não estivesse brilhando.

Nesse Natal pensamos em ganhar algum dinheiro com o tal cinema no porão. Mas o projetor não projetava nada, foi aquele vexame. Restava agora o recurso do presépio com entrada paga, eu ficaria na porta chamando os possíveis visitantes com minha bata de procissão e asas de anjo.

— E o céu? — lembrou meu irmão lançando um olhar desconfiado na direção de Maneco. — Como vai ser o céu?

Estávamos sentados nos degraus de pedra da escadaria da igreja. Meus irmãos tinham ido me buscar depois da aula de catecismo e agora tratávamos dos nossos assuntos, tão pasmados quanto as moscas estateladas em nosso redor, tomando sol. Pareciam tão inertes que davam a impressão de que poderíamos segurá-las pelas asas. Mas sabíamos que nenhum de nós prenderia qualquer uma delas assim naquela aparente abstração.

— Eu já prometi que faço as estrelas, dou o papel prateado das estrelas — disse Maneco riscando com a ponta da unha as pernas magras, com marcas de cicatrizes. Baixou a cara amarela.

— Já andei tirando areia de uma construção, está num caixotinho lá em casa, uma areia branca, limpa. Tem areia à beça.

— Então você dá o papel.

— Dou o prateado das estrelas, estrela tem que ser prateada. O papel azul do céu é com vocês que já estou dando muito.

Confabulamos em voz baixa. E ficou decidido que no dia seguinte iríamos catar alguma coisa num palacete vago da Avenida Angélica, na hora em que o vigilante devia sair para almoçar. Mas o Maneco não apareceu. Durante três dias esperamos por ele.

— Ficou com medo — disse meu irmão. — É um covarde, um besta.

O Polaquinho protestou:

— Mas ele está doente, não pode nem se levantar. Meu pai acha que ele vai morrer logo.

— Não interessa, prometeu e não cumpriu, é um covarde. Vamos nós e pronto.

Entramos pela janela dos fundos, que estava aberta, enfiamos numa sacola de feira todas as lâmpadas e maçanetas de porta que pudemos desatarraxar e fugimos antes que o vigilante voltasse. Quando chegamos em casa, fomos reto para o porão e abrimos a sacola. A verdade é que longe do palacete, isoladas dos grandes lustres de cristal e daquelas portas trabalhadas, as lâmpadas e maçanetas tinham perdido todo o prestígio: vistas assim de perto, não passavam de maçanetas gastas. E de um monte de lâmpadas empoeiradas e que talvez não se acendessem nunca. Esfreguei na palma da mão a mais escura delas: e se fosse a lâmpada mágica de Aladim? O que eu pediria ao esfumaçado gênio de calças pufantes e argolas de ouro?

— Depressa, gente, depressa! Tem um Papai Noel lá na loja do Samuel — anunciou o Marinho chegando quase sem fôlego.

— Um Papai Noel de verdade? Na loja do Samuel? Deixe de mentira...

— Mentira nada! Venham depressa que ele está lá com a barba branca, a roupa vermelha, juro que é verdade!

Um Papai Noel na loja do Samuel, a loja mais mambembe do bairro?

— Se for mentira, você me paga — ameaçou o Polaquinho encostando o punho fechado no queixo do Marinho.

— Quero ficar cego se estou mentindo!

Esse mesmo juramento ele fazia quando contava as piores mentiras. Mas o fato é que já estávamos há muito tempo ali parados diante da sacola aberta, sem nos ocorrer um destino a dar àquilo tudo. Era preciso fazer outra coisa. Fomos atrás do Marinho, que ia falando na maior agitação, descrevendo o capuz vermelho, a bata debruada de algodão branco, como aparecia nas ilustrações. Quando dobramos a esquina, ficamos de boca aberta, olhando: lá estava ele de carne e osso, a se pavonear de um lado para outro sob o olhar radiante de Samuel, na porta da loja. Fomos nos aproximando devagar. Sacudindo um pequeno sino dourado, o Papai Noel alisava a barba postiça e dizia gracinhas ao filho de um tipo que parecia ter dinheiro.

— Não quer encomendar nada a este Papai Noel? Vamos, queridinho, faça seu pedido... Uma bola? Um patinete?

— Estou conhecendo esse cara — resmungou o Polaquinho apertando os olhos. — Já vi ele em algum lugar...

Sentindo-se observado, o homem deu-nos as costas enquanto estendia a mão enluvada na direção do menino. Fizemos a volta até vê-lo de frente. Foi o bastante para o homem esquivar-se de novo, fingindo arrumar os brinquedos dependurados na porta. Essa segunda manobra alertou-nos. Fomos nos aproximando assim com ar de quem não estava querendo nada. O queixo e a boca não se podia ver sob o emaranhado do algodão da barba. O gorro vermelho também escondia toda a cabeça. Mas, e aqueles ombros curvos e aquele jeito assim balanceado de andar?... Era um conhecido, sem dúvida. Mas quem? E por que nos evitava, por quê?!

Penso agora que se ele não tivesse disfarçado tanto, não teríamos desconfiado de nada: seria mais um Papai Noel como dezenas de outros que víamos andando pela cidade. Mas aquela preocupação de se esconder acabou por denunciá-lo. Ficamos na maior excitação: ele estava com medo. Nunca nos sentimos tão poderosos.

— Esse filho-da-mãe é aqui do bairro — cochichou meu irmão. — Dou minha cabeça a cortar como ele é daqui do bairro.

Polaquinho olhava agora para os pés dele, para aqueles sapatos deformados sob as perneiras de oleado preto fingindo bota. Os sapatos! Aqueles sapatos velhos, sapatos de andarilho, eram a própria face do homem. Jamais sapato al-

gum acabou por adquirir tão fielmente as feições do dono: era o pai de Maneco.
— Marcolino!
Ele voltou-se como se tivesse sido golpeado pelas costas. Desatamos a rir e a gritar, era o malandro do Marcolino fazendo de Papai Noel, era o Marcolino!...
— Marcolino, eh! Marcolino!... Tira a barba, Marcolino!
A alegria da descoberta nos fez delirantes, pulávamos e cantávamos aos gritos, fazendo roda, de mãos dadas, "Mar-co-li-no! Mar-co-li-no!...". Em vão ele tentou prosseguir representando o seu papel. Rompendo o frágil disfarce do algodão e dos panos, sentimos sua vergonha. Sua raiva. Duas velhas da casa vizinha abriram a janela e ficaram olhando e rindo.
— Molecada suja! — gritou o Samuel saindo da loja. Sacudiu os punhos fechados. — Fora daqui, seus ladrõezinhos! Fora!
Fugimos. Para voltar em seguida mais exaltados, com Firpo que apareceu de repente correndo e latindo feito louco, investindo às cegas por entre nossas pernas. Gritávamos compassadamente, com todas as forças:
— Mar-co-li-no! Mar-co-li-no!...
Ele então arrancou a barba. Arrancou o gorro, arrancou a bata e atirou tudo no chão. Pôs-se a pisotear em cima, a pisotear tão furiosamente que o Samuel não pensou sequer em impedir, ficou só ali parado, olhando. E dessa vez o homem não tinha bebido, era raiva mesmo, uma raiva tamanha que chegou a nos assustar, quando vimos sua cara amarfanhada, branca. Em meio ao susto que nos fez calar, ocorreu-me pela primeira vez o quanto o Maneco era parecido com o pai quando ficava assim furioso, ah, eram iguais aqueles capacetes de cabelo desabando até as sobrancelhas negras. Quando se cansou de pular em cima da fantasia, foi-se embora naquele andar gingado, a fralda da camisa fora da calça, os sapatões esparramados!
Samuel entrou de novo na loja. Fecharam-se as janelas. Firpo saiu correndo, levando a carapuça vermelha nos dentes, enquanto o vento espalhava o algodão da barba por todo o quarteirão. Polaquinho apanhou alguns fiapos e gru-

dou-os com cuspe no queixo mas ninguém achou graça. Voltamos à nossa sacola de maçanetas e lâmpadas.

No dia seguinte, um outro Papai Noel mais baixo e mais gordo passeava diante da loja. Olhou-nos com ar ameaçador mas seguimos firmes, esse nós não conhecíamos. Depois do jantar, meu irmão instalou-se em cima da árvore na calçada, diante da nossa casa. Abriu a folhagem e ficou olhando lá de cima.

— Boca-de-forno!
— Forno! — repetimos fazendo continência.
— Fareis tudo o que o vosso mestre mandar?
— Faremos com muito gosto!
— Quero que vocês entrem no porão do Maneco, gritem duas vezes *Mar-co-li-no! Mar-co-li-no!* e voltem correndo. Já!

Saímos em disparada pela rua afora. O portão do cortiço estava apenas cerrado. Duas pretas gordas conversavam refesteladas em cadeiras na calçada. Empurramos devagarinho a portinhola carcomida. Entramos. E paramos assustados no meio do porão de paredes encardidas e trastes velhos amontoados nos cantos. Sabíamos que eles eram pobres, mas assim desse jeito? Maneco estava sozinho, deitado num colchão com a palha saindo por entre os remendos. Mal teve tempo de esconder qualquer coisa debaixo do lençol. Tinha na mão uma tesoura, devia estar cortando o papel que escondeu. Sob a luz débil da lamparina em cima do caixotinho ele me pareceu completamente amarelo, o cabelo negro mais crescido fechando-lhe a cara.

— Seus traidores! — gritou com voz rouca. — Que é que vocês querem aqui, seus traidores! Traidores!

Morreu na semana seguinte, foi essa a última vez que o vimos.

Fomos saindo em silêncio e de cabeça baixa. Só eu olhei ainda para trás. Ele fungava por entre as lágrimas enquanto procurava esconder debaixo do lençol a ponta de uma estrela de papel prateado.

As meninas de
Lygia Fagundes Telles

Em seus romances, Lygia faz poesia em forma de prosa.

Lygia Fagundes Telles nasceu em São Paulo em 1923, mas passou grande parte da infância em cidades do interior, onde seu pai foi delegado, promotor público e juiz. Formou-se em Direito e em Educação Física.

Lygia começou a escrever no início da década de 40. Seu primeiro livro, *Praia viva*, foi lançado em 1944, chamando a atenção de público e crítica. Perfeccionista, somente em 1954 decidiu publicar o primeiro romance, *Ciranda de Pedra*. Com *O jardim selvagem* (1965), veio o Jabuti, principal prêmio literário do país.

Publicado em 1973, o romance *As meninas* colocou-a no topo do mundo literário brasileiro. A escritora ganhou prêmios e seus livros foram publicados em diversas línguas.

Alguns de seus contos foram adaptados para o cinema e a TV. Seus dois livros mais recentes são *A noite escura e mais eu* (1995) e *Invenção e memória* (contos e memórias, 2000). Apesar de tanto sucesso, não se considera uma escritora realizada. "Nenhum escritor está realizado. Enquanto houver um sopro de vida, ele está inconformado, insatisfeito. Eu sou uma escritora insatisfeita. Por isso, busco livros".

Conto de escola

Machado de Assis

A escola era na rua do Costa, um sobradinho de grade de pau. O ano era de 1840. Naquele dia — uma segunda-feira, do mês de maio — deixei-me estar alguns instantes na rua da Princesa a ver onde iria brincar à manhã. Hesitava entre o morro de S. Diogo e o campo de Sant'Ana, que não era então esse parque atual, construção de *gentleman*, mas um espaço rústico, mais ou menos infinito, alastrado de lavadeiras, capim e burros soltos. Morro ou campo? Tal era o problema. De repente disse comigo que o melhor era a escola. E guiei para a escola. Aqui vai a razão.

Na semana anterior tinha feito dois suetos, e, descoberto o caso, recebi o pagamento das mãos de meu pai, que me deu uma sova de vara de marmeleiro. As sovas de meu pai doíam por muito tempo. Era um velho empregado do Arsenal de Guerra, ríspido e intolerante. Sonhava para mim uma grande posição comercial, e tinha ânsia de me ver com os elementos mercantis, ler, escrever e contar, para me meter de caixeiro. Citava-me nomes de capitalistas que tinham começado ao balcão. Ora, foi a lembrança do último castigo que me levou naquela manhã para o colégio. Não era um menino de virtudes.

Subi a escada com cautela, para não ser ouvido do mestre, e cheguei a tempo; ele entrou na sala três ou quatro minutos depois. Entrou com o andar manso do costume, em chinelas de cordovão, com a jaqueta de brim lavada e desbotada, calça branca e tesa e grande colarinho caído. Chamava-se Policarpo e tinha perto de cinqüenta anos ou mais. Uma vez sentado, extraiu da jaqueta a boceta de rapé e o lenço vermelho, pô-los na gaveta; depois relanceou os olhos pela sala. Os meninos, que se conservaram de pé durante a entrada dele, tornaram a sentar-se. Tudo estava em ordem; começaram os trabalhos.

— *Seu* Pilar, eu preciso falar com você, disse-me baixinho o filho do mestre.

Chamava-se Raimundo este pequeno, e era mole, aplicado, inteligência tarda. Raimundo gastava duas horas em reter aquilo que a outros levava apenas trinta ou cinqüenta minutos; vencia com o tempo o que não podia fazer logo com o cérebro. Reunia a isso um grande medo ao pai. Era uma criança fina, pálida, cara doente; raramente estava alegre. Entrava na escola depois do pai e retirava-se antes. O mestre era mais severo com ele do que conosco.

— O que é que você quer?

— Logo, respondeu ele com voz trêmula.

Começou a lição de escrita. Custa-me dizer que eu era dos mais adiantados da escola; mas era. Não digo também que era dos mais inteligentes, por um escrúpulo fácil de entender e de excelente efeito no estilo, mas não tenho outra convicção. Note-se que não era pálido nem mofino: tinha boas cores e músculos de ferro. Na lição de escrita, por exemplo, acabava sempre antes de todos, mas deixava-me estar a recortar narizes no papel ou na tábua, ocupação sem nobreza nem espiritualidade, mas em todo caso ingênua. Naquele dia foi a mesma cousa; tão depressa acabei, como entrei a reproduzir o nariz do mestre, dando-lhe cinco ou seis atitudes diferentes, das quais recordo a interrogativa, a admirativa, a dubitativa e a cogitativa. Não lhes punha esses nomes, pobre estudante de primeiras letras que era; mas, instintivamente, dava-lhes essas expressões. Os outros foram acabando; não tive remédio senão acabar também, entregar a escrita, e voltar para o meu lugar.

Com franqueza, estava arrependido de ter vindo. Agora que ficava preso, ardia por andar lá fora, e recapitulava o campo e o morro, pensava nos outros meninos vadios, o Chico Telha, o Américo, o Carlos das Escadinhas, a fina flor do bairro e do gênero humano. Para cúmulo de desespero, vi através das vidraças da escola, no claro azul do céu, por cima do morro do Livramento, um papagaio de papel, alto e largo, preso de uma corda imensa, que bojava no ar, uma cousa soberba. E eu na escola, sentado, pernas unidas, com o livro de leitura e a gramática nos joelhos.

— Fui um bobo em vir, disse eu ao Raimundo.
— Não diga isso, murmurou ele.

Olhei para ele; estava mais pálido. Então lembrou-me outra vez que queria pedir-me alguma cousa, e perguntei-lhe o que era. Raimundo estremeceu de novo, e, rápido, disse-me que esperasse um pouco; era uma cousa particular.

— *Seu* Pilar.., murmurou ele daí a alguns minutos.
— Que é?
— Você...
— Você quê?

Ele deitou os olhos ao pai, e depois a alguns outros meninos. Um destes, o Curvelo, olhava para ele, desconfiado, e o Raimundo, notando-me essa circunstância, pediu alguns minutos mais de espera. Confesso que começava a arder de curiosidade. Olhei para o Curvelo, e vi que parecia atento; podia ser uma simples curiosidade vaga, natural indiscrição; mas podia ser também alguma cousa entre eles. Esse Curvelo era um pouco levado do diabo. Tinha onze anos, era mais velho que nós.

Que me quereria o Raimundo? Continuei inquieto, remexendo-me muito, falando-lhe baixo, com instância, que me dissesse o que era, que ninguém cuidava dele nem de mim. Ou então, de tarde...

— De tarde, não, interrompeu-me ele, não pode ser de tarde.
— Então agora...

— Papai está olhando.

Na verdade, o mestre fitava-nos. Como era mais severo para o filho, buscava-o muitas vezes com os olhos, para trazê-lo mais aperreado. Mas nós também éramos finos; metemos o nariz no livro, e continuamos a ler. Afinal cansou e tomou as folhas do dia, três ou quatro, que lia devagar, mastigando as idéias e as paixões. Não esqueçam que estávamos então no fim da Regência[1], e que era grande a agitação pública. Policarpo tinha decerto algum partido, mas nunca pude averiguar esse ponto. O pior que ele podia ter, para nós, era a palmatória. E essa lá estava, pendurada do portal da janela, à direita, com os seus cinco olhos do diabo. Era só levantar a mão, despendurá-la e brandi-la, com a força do costume, que não era pouca. E daí, pode ser que alguma vez as paixões políticas dominassem nele a ponto de poupar-nos uma ou outra correção. Naquele dia, ao menos, pareceu-me que lia as folhas com muito interesse; levantava os olhos de quando em quando, ou tomava uma pitada, mas tornava logo aos jornais, e lia a valer.

No fim de algum tempo — dez ou doze minutos — Raimundo meteu a mão no bolso das calças e olhou para mim.

— Sabe o que tenho aqui?
— Não.
— Uma pratinha que mamãe me deu.
— Hoje?
— Não, no outro dia, quando fiz anos...
— Pratinha de verdade?
— De verdade.

Tirou-a vagarosamente, e mostrou-me de longe. Era uma moeda do tempo do rei, cuido que doze vinténs ou dous tostões, não me lembra; mas era uma moeda, e tal moeda que me fez pular o sangue no coração. Raimundo revolveu em

---

1 *Regência*: o período da Regência situa-se entre a renúncia de D. Pedro I, em 1831, e o golpe conservador que proclamou a maioridade de D. Pedro II, em 1845, alguns anos antes do tempo. (N.E.)

mim o olhar pálido; depois perguntou-me se a queria para mim. Respondi-lhe que estava caçoando, mas ele jurou que não.

— Mas então você fica sem ela?

— Mamãe depois me arranja outra. Ela tem muitas que vovô lhe deixou, numa caixinha; algumas são de ouro. Você quer esta?

Minha resposta foi estender-lhe a mão disfarçadamente, depois de olhar para a mesa do mestre. Raimundo recuou a mão dele e deu à boca um gesto amarelo, que queria sorrir. Em seguida propôs-me um negócio, uma troca de serviços; ele me daria a moeda, eu lhe explicaria um ponto da lição de sintaxe. Não conseguira reter nada do livro, e estava com medo do pai. E concluía a proposta esfregando a pratinha nos joelhos...

Tive uma sensação esquisita. Não é que eu possuísse da virtude uma idéia antes própria de homem; não é também que não fosse fácil em empregar uma ou outra mentira de criança. Sabíamos ambos enganar ao mestre. A novidade estava nos termos da proposta, na troca de lição e dinheiro, compra franca, positiva, toma lá, dá cá; tal foi a causa da sensação. Fiquei a olhar para ele, à toa, sem poder dizer nada.

Compreende-se que o ponto da lição era difícil, e que o Raimundo, não o tendo aprendido, recorria a um meio que lhe pareceu útil para escapar ao castigo do pai. Se me tem pedido a cousa por favor, alcançá-la-ia do mesmo modo, como de outras vezes; mas parece que a lembrança das outras vezes, o medo de achar a minha vontade frouxa ou cansada, e não aprender como queria, — e pode ser mesmo que em alguma ocasião lhe tivesse ensinado mal, — parece que tal foi a causa da proposta. O pobre-diabo contava com o favor, — mas queria assegurar-lhe a eficácia, e daí recorreu à moeda que a mãe lhe dera e que ele guardava como relíquia ou brinquedo; pegou dela e veio esfregá-la nos joelhos, à minha vista, como uma tentação... Realmente, era bonita, fina, branca, muito branca; e para mim, que só trazia cobre no bolso, quando trazia alguma cousa, um cobre feio, grosso, azinhavrado...

Não queria recebê-la, e custava-me recusá-la. Olhei para o mestre, que continuava a ler, com tal interesse, que lhe pingava o rapé do nariz. — Ande, tome, dizia-me baixinho o filho. E a pratinha fuzilava-lhe entre os dedos, como se fora diamante... Em verdade, se o mestre não visse nada, que mal havia? E ele não podia ver nada, estava agarrado aos jornais, lendo com fogo, com indignação...

— Tome, tome...

Relanceei os olhos pela sala, e dei com os do Curvelo em nós; disse ao Raimundo que esperasse. Pareceu-me que o outro nos observava, então dissimulei; mas daí a pouco, deitei-lhe outra vez o olho, e — tanto se ilude a vontade! — não lhe vi mais nada. Então cobrei ânimo.

— Dê cá...

Raimundo deu-me a pratinha, sorrateiramente; eu metia na algibeira das calças, com um alvoroço que não posso definir. Cá estava ela comigo, pegadinha à perna. Restava prestar o serviço, ensinar a lição, e não me demorei em fazê-lo, nem o fiz mal, ao menos conscientemente; passava-lhe a explicação em um retalho de papel que ele recebeu com cautela e cheio de atenção. Sentia-se que despendia um esforço cinco ou seis vezes maior para aprender um nada; mas contanto que ele escapasse ao castigo, tudo iria bem.

De repente, olhei para o Curvelo e estremeci; tinha os olhos em nós, com um riso que me pareceu mau. Disfarcei; mas daí a pouco, voltando-me outra vez para ele, achei-o do mesmo modo, com o mesmo ar, acrescendo que entrava a remexer-se no banco, impaciente. Sorri para ele e ele não sorriu; ao contrário, franziu a testa, o que lhe deu um aspecto ameaçador. O coração bateu-me muito.

— Precisamos muito cuidado, disse eu ao Raimundo.

— Diga-me isto só, murmurou ele.

Fiz-lhe sinal que se calasse; mas ele instava, e a moeda, cá no bolso, lembrava-me o contrato feito. Ensinei-lhe o que era, disfarçando muito; depois, tornei a olhar para o Curvelo, que me pareceu ainda mais inquieto, e o riso, dantes mau, estava agora pior. Não é preciso dizer que também eu ficara em brasas, ansioso que a aula acabasse; mas nem o relógio andava como das outras vezes, nem o mestre fazia caso da escola; este lia os jornais, artigo por artigo, pontuando-os com exclamações, com gestos de ombros, com uma ou duas pancadinhas na mesa. E lá fora, no céu azul, por cima do morro, o mesmo eterno papagaio, guinando a um lado e outro, como se me chamasse a ir ter com ele. Imaginei-me ali, com os livros e a pedra embaixo da mangueira, e a pratinha no bolso das calças, que eu não daria a ninguém, nem que me serrassem; guardá-la-ia em casa, dizendo à mamãe que a tinha achado na rua. Para que me não fugisse, ia-a apalpando, roçando-lhe os dedos pelo cunho, quase lendo pelo tato a inscrição, com uma grande vontade de espiá-la.

— Oh! *seu* Pilar! bradou o mestre com voz de trovão.

Estremeci como se acordasse de um sonho, e levantei-me às pressas. Dei com o mestre, olhando para mim, cara fechada, jornais dispersos, e ao pé da mesa, em pé, o Curvelo. Pareceu-me adivinhar tudo.

— Venha cá! bradou o mestre.

Fui e parei diante dele. Ele enterrou-me pela consciência dentro um par de olhos pontudos; depois chamou o filho. Toda a escola tinha parado; ninguém mais lia, ninguém fazia um só movimento. Eu, conquanto não tirasse os olhos do mestre, sentia no ar a curiosidade e o pavor de todos.

— Então o senhor recebe dinheiro para ensinar as lições aos outros? disse-me o Policarpo.

— Eu...

— Dê cá a moeda que este seu colega lhe deu! clamou.

Não obedeci logo, mas não pude negar nada. Continuei a tremer muito. Policarpo bradou de novo que lhe desse a moeda, e eu não resisti mais, meti a mão no bolso, vagarosamente, saquei-a e entreguei-lha. Ele examinou-a de um e outro lado, bufando de raiva; depois estendeu o braço e atirou-a à rua. E então disse-nos uma porção de cousas duras, que tanto o filho como eu acabávamos de praticar uma ação feia,

indigna, baixa, uma vilania, e para emenda e exemplo íamos ser castigados. Aqui pegou da palmatória.
— Perdão, *seu* mestre... solucei eu.
— Não há perdão! Dê cá a mão! dê cá! vamos! sem-vergonha! dê cá a mão!
— Mas, *seu* mestre...
— Olhe que é pior!
Estendi-lhe a mão direita, depois a esquerda, e fui recebendo os bolos uns por cima dos outros, até completar doze, que me deixaram as palmas vermelhas e inchadas. Chegou a vez do filho, e foi a mesma cousa; não lhe poupou nada, dois, quatro, oito, doze bolos. Acabou, pregou-nos outro sermão. Chamou-nos sem-vergonhas, desaforados, e jurou que se repetíssemos o negócio, apanharíamos tal castigo que nos havia de lembrar para todo o sempre. E exclamava: — Porcalhões! tratantes! faltos de brio!
Eu por mim, tinha a cara no chão. Não ousava fitar ninguém, sentia todos os olhos em nós. Recolhi-me ao banco, soluçando, fustigado pelos impropérios do mestre. Na sala arquejava o terror; posso dizer que naquele dia ninguém faria igual negócio. Creio que o próprio Curvelo enfiara de medo. Não olhei logo para ele, cá dentro de mim jurava quebrar-lhe a cara, na rua, logo que saíssemos, tão certo como três e dois serem cinco.
Daí a algum tempo olhei para ele; ele também olhava para mim, mas desviou a cara, e penso que empalideceu. Compôs-se e entrou a ler em voz alta; estava com medo. Começou a variar de atitude, agitando-se à toa, coçando os joelhos, o nariz. Pode ser até que se arrependesse de nos ter denunciado; e na verdade, por que denunciar-nos? Em que é que lhe tirávamos alguma cousa?
"Tu me pagas! tão duro como osso!" dizia eu comigo.
Veio a hora de sair, e saímos; ele foi adiante, apressado, e eu não queria brigar ali mesmo, na rua do Costa, perto do colégio; havia de ser na rua larga de S. Joaquim. Quando, porém, cheguei à esquina, já o não vi; provavelmente escon-

dera-se em algum corredor ou loja; entrei numa botica, espiei em outras casas, perguntei por ele a algumas pessoas, ninguém me deu notícia. De tarde faltou à escola.

Em casa não contei nada, é claro; mas para explicar as mãos inchadas, menti a minha mãe, disse-lhe que não tinha sabido a lição. Dormi nessa noite, mandando ao diabo os dous meninos, tanto o da denúncia como o da moeda. E sonhei com a moeda; sonhei que, ao tornar à escola, no dia seguinte, dera com ela na rua, e a apanhara, sem medo nem escrúpulos...

De manhã, acordei cedo. A idéia de ir procurar a moeda fez-me vestir depressa. O dia estava esplêndido, um dia de maio, sol magnífico, ar brando, sem contar as calças novas que minha mãe me deu, por sinal que eram amarelas. Tudo isso, e a pratinha... Saí de casa, como se fosse trepar ao trono de Jerusalém. Piquei o passo para que ninguém chegasse antes de mim à escola; ainda assim não andei tão depressa que amarrotasse as calças. Não, que elas eram bonitas! Mirava-as, fugia aos encontros, ao lixo da rua...

Na rua encontrei uma companhia do batalhão de fuzileiros, tambor à frente, rufando. Não podia ouvir isto quieto. Os soldados vinham batendo o pé rápido, igual, direita, esquerda, ao som do rufo; vinham, passaram por mim, e foram andando. Eu senti uma comichão nos pés, e tive ímpeto de ir atrás deles. Já lhes disse: o dia estava lindo, e depois o tambor... Olhei para um e outro lado; afinal, não sei como foi, entrei a marchar também ao som do rufo, creio que cantarolando alguma cousa: *Rato na casaca...* Não fui à escola, acompanhei os fuzileiros, e depois enfiei pela Saúde, e acabei a manhã na praia da Gamboa. Voltei para casa com as calças enxovalhadas, sem pratinha no bolso nem ressentimento na alma. E contudo a pratinha era bonita e foram eles, Raimundo e Curvelo, que me deram o primeiro conhecimento, um da corrupção, outro da delação; mas o diabo do tambor...

Machado de Assis, sempre um clássico

Machado de Assis é considerado por muitos, um dos maiores escritores universais.

Machado de Assis, um dos maiores escritores brasileiros, nasceu em 1839, no Rio de Janeiro.

Pobre, mulato e gago, mas dotado de inteligência, força de vontade e perseverança, tornou-se um dos maiores escritores brasileiros e até mundiais.

No começo a vida foi dura. Machado trabalhava como revisor e caixeiro em uma tipografia e escrevia para alguns jornais. Aos 25 anos publicou seu primeiro livro, *Crisálidas*, de poesias.

Casou-se com Carolina Augusta Xavier de Novais aos 30 anos. A esposa lhe trouxe tranqüilidade para mergulhar na carreira de escritor enquanto mantinha um emprego que lhe garantia o sustento. Quando sua epilepsia começou a se manifestar, foi com o apoio da esposa que continuou escrevendo.

Entre 1870 e 1878, lançou poemas, contos e seu primeiro romance, *Ressurreição*. Nessa época, já era muito requisitado por jornais e revistas.

Escreveu *Helena* (1876) e *Iaiá Garcia* (1878), e revelou sua fina ironia em *Memórias póstumas de Brás Cubas*, lançado em 1881. *Dom Casmurro*, de 1900, é considerado um dos maiores romances universais. Faleceu em 1908, no Rio de Janeiro.

Fantasias

Teleco, o coelhinho

Murilo Rubião

"Três coisas me são difíceis de entender, e uma quarta eu a ignoro completamente: o caminho da águia no ar, o caminho da cobra sobre a pedra, o caminho da nau no meio do mar, e o caminho do homem na sua mocidade."

Provérbios, XXX, 18 e 19.

— Moço, me dá um cigarro?

A voz era sumida, quase um sussurro. Permaneci na mesma posição em que me encontrava, frente ao mar, absorvido com ridículas lembranças.

O importuno pedinte insistia:

— Moço, oh! moço! Moço, me dá um cigarro?

Ainda com os olhos fixos na praia, resmunguei:

— Vá embora, moleque, senão chamo a polícia.

— Está bem, moço. Não se zangue. E, por favor, saia da minha frente, que eu também gosto de ver o mar.

Exasperou-me a insolência de quem assim me tratava e virei-me, disposto a escorraçá-lo com um pontapé. Fui desarmado, entretanto. Diante de mim estava um coelhinho cinzento, a me interpelar delicadamente:

— Você não dá é porque não tem, não é, moço?

O seu jeito polido de dizer as coisas comoveu-me. Dei-lhe o cigarro e afastei-me para o lado, a fim de que melhor

ele visse o oceano. Não fez nenhum gesto de agradecimento, mas já então conversávamos como velhos amigos. Ou, para ser mais exato, somente o coelhinho falava. Contava-me acontecimentos extraordinários, aventuras tamanhas que o supus com mais idade do que realmente aparentava.
Ao fim da tarde, indaguei onde ele morava. Disse não ter morada certa. A rua era o seu pouso habitual. Foi nesse momento que reparei nos seus olhos. Olhos mansos e tristes. Deles me apiedei e convidei-o a residir comigo. A casa era grande e morava sozinho — acrescentei.
A explicação não o convenceu. Exigiu-me que revelasse minhas reais intenções:
— Por acaso, o senhor gosta de carne de coelho?
Não esperou pela resposta:
— Se gosta, pode procurar outro, porque a versatilidade é o meu fraco.
Dizendo isto, transformou-se numa girafa.
— À noite — prosseguiu — serei cobra ou pombo. Não lhe importará a companhia de alguém tão instável?
Respondi-lhe que não e fomos morar juntos.

Chamava-se Teleco.
Depois de uma convivência maior, descobri que a mania de metamorfosear-se em outros bichos era nele simples desejo de agradar ao próximo. Gostava de ser gentil com crianças e velhos, divertindo-os com hábeis malabarismos ou prestando-lhes ajuda. O mesmo cavalo que, pela manhã, galopava com a gurizada, à tardinha, em lento caminhar, conduzia anciãos ou inválidos às suas casas.
Não simpatizava com alguns vizinhos, entre eles o agiota e suas irmãs, aos quais costumava aparecer sob a pele de leão ou tigre. Assustava-os mais para nos divertir que por maldade. As vítimas assim não entendiam e se queixavam à polícia, que perdia o tempo ouvindo as denúncias. Jamais encontraram em nossa residência, vasculhada de cima a bai-

xo, outro animal além do coelhinho. Os investigadores irritavam-se com os queixosos e ameaçavam prendê-los.

Apenas uma vez tive medo de que as travessuras do meu irrequieto companheiro nos valessem sérias complicações. Estava recebendo uma das costumeiras visitas do delegado, quando Teleco, movido por imprudente malícia, transformou-se repentinamente em porco-do-mato. A mudança e o retorno ao primitivo estado foram bastante rápidos para que o homem tivesse tempo de gritar. Mal abrira a boca, horrorizado, novamente tinha diante de si um pacífico coelho:

— O senhor viu o que eu vi?

Respondi, forçando uma cara inocente, que nada vira de anormal.

O homem olhou-me desconfiado, alisou a barba e, sem se despedir, ganhou a porta da rua.

A mim também pregava-me peças. Se encontrava vazia a casa, já sabia que ele andava escondido em algum canto, dissimulado em algum pequeno animal. Ou mesmo no meu corpo sob a forma de pulga, fugindo-me dos dedos, correndo pelas minhas costas. Quando começava a me impacientar e pedia-lhe que parasse com a brincadeira, não raro levava tremendo susto. Debaixo das minhas pernas crescera um bode que, em disparada, me transportava até o quintal. Eu me enraivecia, prometia-lhe uma boa surra. Simulando arrependimento, Teleco dirigia-me palavras afetuosas e logo fazíamos as pazes.

No mais, era o amigo dócil, que nos encantava com inesperadas mágicas. Amava as cores e muitas vezes surgia transmudado em ave que as possuía todas e de espécie inteiramente desconhecida ou de raça já extinta.

— Não existe pássaro assim!

— Sei. Mas seria insípido disfarçar-me somente em animais conhecidos.

O primeiro atrito grave que tive com Teleco ocorreu um ano após nos conhecermos. Eu regressava da casa da minha cunhada Emi, com quem discutira asperamente sobre negócios de família. Vinha mal-humorado e a cena que deparei, ao abrir a porta da entrada, agravou minha irritação. De mãos dadas, sentados no sofá da sala de visitas, encontravam-se uma jovem mulher e um mofino canguru. As roupas dele eram mal talhadas, seus olhos se escondiam por trás de uns óculos de metal ordinário.

— O que deseja a senhora com esse horrendo animal? — perguntei, aborrecido por ver minha casa invadida por estranhos.

— Eu sou o Teleco — antecipou-se, dando uma risadinha.

Mirei com desprezo aquele bicho mesquinho, de pêlos ralos, a denunciar subserviência e torpeza. Nada nele me fazia lembrar o travesso coelhinho.

Neguei-me a aceitar como verdadeira a afirmação, pois Teleco não sofria da vista e se quisesse apresentar-se vestido teria o bom gosto de escolher outros trajes que não aqueles.

Ante a minha incredulidade, transformou-se numa pererca. Saltou por cima dos móveis, pulou no meu colo. Lancei-a longe, cheio de asco.

Retomando a forma de canguru, inquiriu-me, com um ar extremamente grave:

— Basta esta prova?
— Basta. E daí? O que você quer?
— De hoje em diante serei apenas homem.
— Homem? — indaguei atônito. Não resisti ao ridículo da situação e dei uma gargalhada:
— E isso? — apontei para a mulher. — É uma lagartixa ou um filhote de salamandra?

Ela me olhou com raiva. Quis retrucar, porém ele atalhou:
— É Teresa. Veio morar conosco. Não é linda?

Sem dúvida, linda. Durante a noite, na qual me faltou o sono, meus pensamentos giravam em torno dela e da cretinice de Teleco em afirmar-se homem.

Levantei-me de madrugada e me dirigi à sala, na expectativa de que os fatos do dia anterior não passassem de mais um dos gracejos do meu companheiro. Enganava-me. Deitado ao lado da moça, no tapete do assoalho, o canguru ressonava alto. Acordei-o, puxando-o pelos braços:
— Vamos, Teleco, chega de trapaça.
Abriu os olhos, assustado, mas, ao reconhecer-me, sorriu:
— Teleco?! Meu nome é Barbosa, Antônio Barbosa, não é, Teresa?
Ela, que acabara de despertar, assentiu, movendo a cabeça.
Explodi, encolerizado:
— Se é Barbosa, rua! E não me ponha mais os pés aqui, filho de um rato!
Desceram-lhe as lágrimas pelo rosto e, ajoelhado, na minha frente, acariciava minhas pernas, pedindo-me que não o expulsasse de casa, pelo menos enquanto procurava emprego.
Embora encarasse com ceticismo a possibilidade de empregar-se um canguru, seu pranto me demoveu da decisão anterior, ou, para dizer a verdade toda, fui persuadido pelo olhar súplice de Teresa que, apreensiva, acompanhava o nosso diálogo.

Barbosa tinha hábitos horríveis. Amiúde cuspia no chão e raramente tomava banho, não obstante a extrema vaidade que o impelia a ficar horas e horas diante do espelho. Utilizava-se do meu aparelho de barbear, da minha escova de dentes e pouco serviu comprar-lhe esses objetos, pois continuou a usar os meus e os dele. Se me queixava do abuso, desculpava-se, alegando distração.
Também a sua figura tosca me repugnava. A pele era gordurosa, os membros curtos, a alma dissimulada. Não media esforços para me agradar, contando-me anedotas sem graça, exagerando nos elogios à minha pessoa.
Por outro lado, custava tolerar suas mentiras e, às refeições, a sua maneira ruidosa de comer, enchendo a boca de comida com auxílio das mãos.

Talvez por ter-me abandonado aos encantos de Teresa, ou para não desagradá-la, o certo é que aceitava, sem protesto, a presença incômoda de Barbosa.

Se afirmava ser tolice de Teleco querer nos impor sua falsa condição humana, ela me respondia com uma convicção desconcertante:

— Ele se chama Barbosa e é um homem.

O canguru percebeu o meu interesse pela sua companheira e, confundindo a minha tolerância como possível fraqueza, tornou-se atrevido e zombava de mim quando o recriminava por vestir minhas roupas, fumar dos meus cigarros ou subtrair dinheiro do meu bolso.

Em diversas ocasiões, apelei para a sua frouxa sensibilidade, pedindo-lhe que voltasse a ser coelho.

— Voltar a ser coelho? Nunca fui bicho. Nem sei de quem você fala.

— Falo de um coelhinho cinzento e meigo, que costumava se transformar em outros animais.

Nesse meio tempo, meu amor por Teresa oscilava por entre pensamentos sombrios, e tinha pouca esperança de ser correspondido. Mesmo na incerteza, decidi propor-lhe casamento.

Fria, sem rodeios, ela encerrou o assunto:

— A sua proposta é menos generosa do que você imagina. Ele vale muito mais.

As palavras usadas para recusar-me convenceram-me de que ela pensava explorar de modo suspeito as habilidades de Teleco.

Frustrada a tentativa do noivado, não podia vê-los juntos e íntimos, sem assumir uma atitude agressiva.

O canguru notou a mudança no meu comportamento e evitava os lugares onde me pudesse encontrar.

Uma tarde, voltando do trabalho, minha atenção foi alertada pelo som ensurdecedor da eletrola, ligada com todo o volume. Logo, ao abrir a porta, senti o sangue afluir-me à cabeça: Teresa e Barbosa, os rostos colados, dançavam um samba indecente.

Indignado, separei-os. Agarrei o canguru pela gola e, sacudindo-o com violência, apontava-lhe o espelho da sala:
— É ou não é um animal?
— Não, sou um homem! — E soluçava, esperneando, transido de medo pela fúria que via nos meus olhos.
À Teresa, que acudira, ouvindo seus gritos, pedia:
— Não sou um homem, querida? Fala com ele.
— Sim, amor, você é um homem.
Por mais absurdo que me parecesse, havia uma trágica sinceridade na voz deles. Eu me decidira, porém. Joguei Barbosa ao chão e lhe esmurrei a boca. Em seguida, enxotei-os. Ainda da rua, muito excitada, ela me advertiu:
— Farei de Barbosa um homem importante, seu porcaria!

Foi a última vez que os vi. Tive, mais tarde, vagas notícias de um mágico chamado Barbosa a fazer sucesso na cidade. A falta de maiores esclarecimentos, acreditei ser mera coincidência de nomes.

A minha paixão por Teresa se esfumara no tempo e voltara-me o interesse pelos selos. As horas disponíveis eu as ocupava com a coleção.

Estava, uma noite, precisamente colando exemplares raros, recebidos na véspera, quando saltou, janela adentro, um cachorro. Refeito do susto, fiz menção de correr o animal. Todavia não cheguei a enxotá-lo.

— Sou o Teleco, seu amigo — afirmou, com uma voz excessivamente trêmula e triste, transformando-se em uma cutia.
— E ela? — perguntei com simulada displicência.
— Teresa... — sem que concluísse a frase, adquiriu as formas de um pavão.
— Havia muitas cores... o circo... ela estava linda... foi horrível... — prosseguiu, chocalhando os guizos de uma cascavel.
Seguiu-se breve silêncio, antes que voltasse a falar:

— O uniforme... muito branco... cinco cordas... amanhã serei homem... — as palavras saíam-lhe espremidas, sem nexo, à medida que Teleco se metamorfoseava em outros animais. Por um momento, ficou a tossir. Uma tosse nervosa. Fraca, a princípio, ela avultava com as mutações dele em bichos maiores, enquanto eu lhe suplicava que se aquietasse. Contudo ele não conseguia controlar-se. Debalde tentava exprimir-se. Os períodos saltavam curtos e confusos.

— Pare com isso e fale mais calmo — insistia eu, impaciente com as suas contínuas transformações.

— Não posso — tartamudeava, sob a pele de um lagarto.

Alguns dias transcorridos, perdurava o mesmo caos. Pelos cantos a tremer, Teleco se lamuriava, transformando-se seguidamente em animais os mais variados. Gaguejava muito e não podia alimentar-se, pois a boca, crescendo e diminuindo, conforme o bicho que encarnava na hora, nem sempre combinava com o tamanho do alimento. Dos seus olhos, então, escorriam lágrimas que, pequenas nos olhos miúdos de um rato, ficavam enormes na face de um hipopótamo.

Ante a minha impotência em diminuir-lhe o sofrimento, abraçava-me a ele, chorando. O seu corpo, porém, crescia nos meus braços, atirando-me de encontro à parede.

Não mais falava: mugia, crocitava, zurrava, guinchava, bramia, trissava.

Por fim, já menos intranqüilo, limitava as suas transformações a pequenos animais, até que se fixou na forma de um carneirinho, a balir tristemente. Colhi-o nas mãos e senti que seu corpo ardia em febre, transpirava.

Na última noite, apenas estremecia de leve e, aos poucos, se aquietou. Cansado pela longa vigília, cerrei os olhos e adormeci. Ao acordar, percebi que uma coisa se transformara nos meus braços. No meu colo estava uma criança encardida, sem dentes. Morta.

Nós, o pistoleiro, não devemos ter piedade

Moacyr Scliar

Nós somos um temível pistoleiro. Estamos num bar de uma pequena cidade do Texas. O ano é 1880. Tomamos uísque a pequenos goles. Nós temos um olhar soturno. Em nosso passado há muitas mortes. Temos remorsos. Por isto bebemos.

A porta se abre. Entra um mexicano chamado Alonso. Dirige-se a nós com desrespeito. Chama-nos de *gringo*, ri alto, faz tilintar a espora. Nós fingimos ignorá-lo. Continuamos bebendo nosso uísque a pequenos goles. O mexicano aproxima-se de nós. Insulta-nos. Esbofeteia-nos. Nosso coração se confrange. Não queríamos matar mais ninguém. Mas teremos de abrir uma exceção para Alonso, cão mexicano.

Combinamos o duelo para o dia seguinte, ao nascer do sol. Alonso dá-nos mais uma pequena bofetada e vai-se. Ficamos pensativo, bebendo o uísque a pequenos goles. Finalmente atiramos uma moeda de ouro sobre o balcão e saímos. Caminhamos lentamente em direção ao nosso hotel. A população nos olha. Sabe que somos um temível pistoleiro. Pobre mexicano, pobre Alonso.

Entramos no hotel, subimos ao quarto, deitamo-nos vestido, de botas. Ficamos olhando o teto, fumando. Suspiramos. Temos remorsos.

Já é manhã. Levantamo-nos. Colocamos o cinturão. Fazemos a inspeção de rotina em nossos revólveres. Descemos.

A rua está deserta, mas por trás das cortinas corridas adivinhamos os olhos da população fitos em nós. O vento sopra, levantando pequenos redemoinhos de poeira. Ah, este vento! Este vento! Quantas vezes nos viu caminhar lentamente, de costas para o sol nascente? No fim da rua Alonso nos espera. Quer mesmo morrer, este mexicano.
Colocamo-nos frente a ele. Vê um pistoleiro de olhar soturno, o mexicano. Seu riso se apaga. Vê muitas mortes em nossos olhos. É o que ele vê.
Nós vemos um mexicano. Pobre diabo. Comia o pão de milho, já não comerá. A viúva e os cinco filhos o enterrarão ao pé da colina. Fecharão a palhoça e seguirão para Vera Cruz. A filha mais velha se tornará prostituta. O filho menor, ladrão.
Temos os olhos turvos. Pobre Alonso. Não devia nos ter dado duas bofetadas. Agora está aterrorizado. Seus dentes estragados chocalham. Que coisa triste.
Uma lágrima cai sobre o chão poeirento. É nossa. Levamos a mão ao coldre. Mas não sacamos. É o mexicano que saca. Vemos a arma em sua mão, ouvimos o disparo, a bala voa para o nosso peito, aninha-se em nosso coração. Sentimos muita dor e tombamos.
Morremos, diante do riso de Alonso, o mexicano.
Nós, o pistoleiro, não *devíamos* ter piedade.

Um apólogo[1]

Machado de Assis

Era uma vez uma agulha, que disse a um novelo de linha:
— Por que está você com esse ar, toda cheia de si, toda enrolada, para fingir que vale alguma cousa neste mundo?
— Deixe-me, senhora.
— Que a deixe? Que a deixe, por quê? Porque lhe digo que está com um ar insuportável? Repito que sim, e falarei sempre que me der na cabeça.
— Que cabeça, senhora? A senhora não é alfinete, é agulha. Agulha não tem cabeça. Que lhe importa o meu ar? Cada qual tem o ar que Deus lhe deu. Importe-se com a sua vida e deixe a dos outros.
— Mas você é orgulhosa.
— Decerto que sou.
— Mas por quê?
— É boa! Porque coso. Então os vestidos e enfeites de nossa ama, quem é que os cose, senão eu?
— Você? Esta agora é melhor. Você é que os cose? Você ignora que quem os cose sou eu, e muito eu?
— Você fura o pano, nada mais; eu é que coso, prendo um pedaço ao outro, dou feição aos babados...
— Sim, mas que vale isso? Eu é que furo o pano, vou adiante, puxando por você, que vem atrás obedecendo ao que eu faço e mando...

---

1 *Apólogo*: gênero que expressa uma verdade moral em forma de fábula. (N.E.)

— Também os batedores vão adiante do imperador.
— Você é imperador?
— Não digo isso. Mas a verdade é que você faz um papel subalterno, indo adiante; vai só mostrando o caminho, vai fazendo o trabalho obscuro e ínfimo. Eu é que prendo, ligo, ajunto...
Estavam nisto, quando a costureira chegou à casa da baronesa. Não sei se disse que isto se passava em casa de uma baronesa, que tinha a modista ao pé de si, para não andar atrás dela. Chegou a costureira, pegou do pano, pegou da agulha, pegou da linha, enfiou a linha na agulha, e entrou a coser. Uma e outra iam andando orgulhosas, pelo pano adiante, que era a melhor das sedas, entre os dedos da costureira, ágeis como os galgos de Diana[2] — para dar a isto uma cor poética. E dizia a agulha:
— Então, senhora linha, ainda teima no que dizia há pouco? Não repara que esta distinta costureira só se importa comigo; eu é que vou aqui entre os dedos dela, unidinha a eles, furando abaixo e acima...
A linha não respondia nada; ia andando. Buraco aberto pela agulha era logo enchido por ela, silenciosa e ativa, como quem sabe o que faz, e não está para ouvir palavras loucas. A agulha, vendo que ela não lhe dava resposta, calou-se também, e foi andando. E era tudo silêncio na saleta de costura; não se ouvia mais que o *plic-plic-plic-plic* da agulha no pano. Caindo o sol, a costureira dobrou a costura, para o dia seguinte; continuou ainda nesse e no outro, até que no quarto acabou a obra, e ficou esperando o baile.
Veio a noite do baile, e a baronesa vestiu-se. A costureira, que a ajudou a vestir-se, levava a agulha espetada no corpinho, para dar algum ponto necessário. E enquanto compunha o vestido da bela dama, e puxava a um lado ou outro,

---

2 *Diana*: deusa da caça entre os romanos. Armada de arco, Diana vivia nas matas protegendo os caçadores, acompanhada por seus cães. (N.E.)

arregaçava daqui ou dali, alisando, abotoando, acolchetando, a linha, para mofar da agulha, perguntou-lhe:

— Ora, agora, diga-me, quem é que vai ao baile, no corpo da baronesa, fazendo parte do vestido e da elegância? Quem é que vai dançar com ministros e diplomatas, enquanto você volta para a caixinha da costureira, antes de ir para o balaio das mucamas? Vamos, diga lá.

Parece que a agulha não disse nada; mas um alfinete, de cabeça grande e não menor experiência, murmurou à pobre agulha: — Anda, aprende, tola. Cansas-te em abrir caminho para ela e ela é que vai gozar da vida, enquanto aí ficas na caixinha de costura. Faze como eu, que não abro caminho para ninguém. Onde me espetam, fico.

Contei esta história a um professor de melancolia, que me disse, abanando a cabeça: — Também eu tenho servido de agulha a muita linha ordinária!

Descobertas

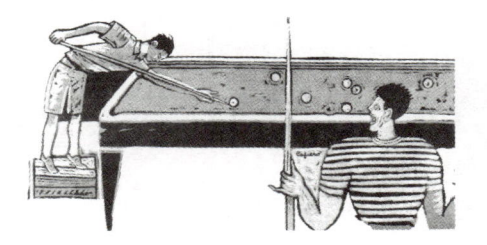

Macacos

Clarice Lispector

Da primeira vez que tivemos em casa um mico foi perto do Ano Novo. Estávamos sem água e sem empregada, fazia-se fila para carne, o calor rebentara — e foi quando, muda de perplexidade, vi o presente entrar em casa, já comendo banana, já examinando tudo com grande rapidez e um longo rabo. Mais parecia um macacão ainda não crescido, suas potencialidades eram tremendas. Subia pela roupa estendida na corda, de onde dava gritos de marinheiro, e jogava cascas de banana onde caíssem. E eu exausta. Quando me esquecia e entrava distraída na área de serviço, o grande sobressalto: aquele homem alegre ali. Meu menino menor sabia, antes de eu saber, que eu me desfaria do gorila: "E se eu prometer que um dia o macaco vai adoecer e morrer, você deixa ele ficar? e se você soubesse que de qualquer jeito ele um dia vai cair da janela e morrer lá embaixo?" Meus sentimentos desviavam o olhar. A inconsciência feliz e imunda do macacão-pequeno tornava-me responsável pelo seu destino, já que ele próprio não aceitava culpas. Uma amiga entendeu de que amargura era feita a minha aceitação, de que crimes se alimentava meu ar sonhador, e rudemente me salvou: meninos de morro apareceram numa zoada feliz, levaram o homem que ria, e no desvitalizado Ano Novo eu pelo menos ganhei uma casa sem macaco.

Um ano depois, acabava eu de ter uma alegria, quando ali em Copacabana vi o agrupamento. Um homem vendia macaquinhos. Pensei nos meninos, nas alegrias que eles me davam de graça, sem nada a ver com as preocupações que também de graça me davam, imaginei uma cadeia de alegria: "Quem receber esta, que a passe a outro", e outro para outro, como o frêmito num rastro de pólvora. E ali mesmo comprei a que se chamaria Lisette. Quase cabia na mão. Tinha saia, brincos, colar e pulseira de baiana. E um ar de imigrante que ainda desembarca com o traje típico de sua terra. De imigrante também eram os olhos redondos. Quanto a essa, era mulher em miniatura. Três dias esteve conosco. Era de uma tal delicadeza de ossos. De uma tal extrema doçura. Mais que os olhos, o olhar era arredondado. Cada movimento, e os brincos estremeciam; a saia sempre arrumada, o colar vermelho brilhante. Dormia muito, mas para comer era sóbria e cansada. Seus raros carinhos eram só mordida leve que não deixava marca.

No terceiro dia estávamos na área de serviço admirando Lisette e o modo como ela era nossa. "Um pouco suave demais", pensei com saudade do meu gorila. E de repente foi meu coração respondendo com muita dureza: "Mas isso não é doçura. Isto é morte." A secura da comunicação deixou-me quieta. Depois eu disse aos meninos: "Lisette está morrendo." Olhando-a, percebi então até que ponto de amor já tínhamos ido. Enrolei Lisette num guardanapo, fui com os meninos para o primeiro pronto-socorro, onde o médico não podia atender porque operava de urgência um cachorro. Outro táxi — Lisette pensa que está passeando, mamãe — outro hospital. Lá deram-lhe oxigênio.

E com o sopro de vida, subitamente revelou-se uma Lisette que desconhecíamos. De olhos muito menos redondos, mais secretos, mais aos risos e na cara prognata e ordinária uma certa altivez irônica; um pouco mais de oxigênio, e deu-lhe uma vontade de falar que ela mal agüentava ser macaca; era, e muito teria a contar. Breve, porém, sucumbia de novo, exausta. Mais oxigênio e dessa vez uma injeção de soro a cuja picada ela reagiu com um tapinha colérico, de pulseira tilintando. O enfermeiro sorriu: "Lisette, meu bem, sossega!"

O diagnóstico: não ia viver, a menos que tivesse oxigênio à mão e, mesmo assim, improvável. "Não se compra macaco na rua", censurou-me ele abanando a cabeça, "às vezes já vem doente." Não, tinha-se que comprar macaca certa, saber da origem, ter pelo menos cinco anos de garantia do amor, saber do que fizera ou não fizera, como se fosse para casar. Resolvi um instante com os meninos. E disse para o enfermeiro: "O senhor está gostando muito de Lisette. Pois se o senhor deixar ela passar uns dias perto do oxigênio, no que ela ficar boa, ela é sua." Mas ele pensava. "Lisette é bonita!", implorei eu. "É linda", concordou ele pensativo. Depois ele suspirou e disse: "Se eu curar Lisette, ela é sua". Fomos embora, de guardanapo vazio.

No dia seguinte telefonaram, e eu avisei aos meninos que Lisette morrera. O menor me perguntou: "Você acha que ela morreu de brincos?" Eu disse que sim. Uma semana depois o mais velho me disse: "Você parece tanto com Lisette!" "Eu também gosto de você", respondi.

Natal na barca

Lygia Fagundes Telles

Não quero nem devo lembrar aqui por que me encontrava naquela barca. Só sei que em redor tudo era silêncio e treva. E que me sentia bem naquela solidão. Na embarcação desconfortável, tosca, apenas quatro passageiros. Uma lanterna nos iluminava com sua luz vacilante: um velho, uma mulher com uma criança e eu.

O velho, um bêbado esfarrapado, deitara-se de comprido no banco, dirigira palavras amenas a um vizinho invisível e agora dormia. A mulher estava sentada entre nós, apertando nos braços a criança enrolada em panos. Era uma mulher jovem e pálida. O longo manto escuro que lhe cobria a cabeça dava-lhe o aspecto de uma figura antiga.

Pensei em falar-lhe assim que entrei na barca. Mas já devíamos estar quase no fim da viagem e até aquele instante não me ocorrera dizer-lhe qualquer palavra. Nem combinava mesmo com uma barca tão despojada, tão sem artifícios, a ociosidade de um diálogo. Estávamos sós. E o melhor ainda era não fazer nada, não dizer nada, apenas olhar o sulco negro que a embarcação ia fazendo no rio.

Debrucei-me na grade de madeira carcomida. Acendi um cigarro. Ali estávamos os quatro, silenciosos como mortos num antigo barco de mortos deslizando na escuridão. Contudo, estávamos vivos. E era Natal.

A caixa de fósforos escapou-me das mãos e quase resvalou para o rio. Agachei-me para apanhá-la. Sentindo então al-

guns respingos no rosto, inclinei-me mais até mergulhar as pontas dos dedos na água.
— Tão gelada — estranhei, enxugando a mão.
— Mas de manhã é quente.
Voltei-me para a mulher que embalava a criança e me observava com um meio sorriso. Sentei-me no banco ao seu lado. Tinha belos olhos claros, extraordinariamente brilhantes. Reparei que suas roupas (pobres roupas puídas) tinham muito caráter, revestidas de uma certa dignidade.
— De manhã esse rio é quente — insistiu ela, me encarando.
— Quente?
— Quente e verde, tão verde que a primeira vez que lavei nele uma peça de roupa pensei que a roupa fosse sair esverdeada. É a primeira vez que vem por estas bandas?
Desviei o olhar para o chão de largas tábuas gastas. E respondi com uma outra pergunta:
— Mas a senhora mora aqui perto?
— Em Lucena. Já tomei esta barca não sei quantas vezes, mas não esperava que justamente hoje...
A criança agitou-se, choramingando. A mulher apertou-a mais contra o peito. Cobriu-lhe a cabeça com o xale e pôs-se a niná-la com um brando movimento de cadeira de balanço. Suas mãos destacavam-se exaltadas sobre o xale preto, mas o rosto era sereno.
— Seu filho?
— É. Está doente, vou ao especialista, o farmacêutico de Lucena achou que eu devia ver um médico hoje mesmo. Ainda ontem ele estava bem mas piorou de repente. Uma febre, só febre... Mas Deus não vai me abandonar.
— É o caçula?
Levantou a cabeça com energia. O queixo agudo era altivo mas o olhar tinha a expressão doce.
— É o único. O meu primeiro morreu o ano passado. Subiu no muro, estava brincando de mágico quando de repente avisou, vou voar! E atirou-se. A queda não foi grande, o mu-

ro não era alto, mas caiu de tal jeito... Tinha pouco mais de quatro anos.
Joguei o cigarro na direção do rio e o toco bateu na grade, voltou e veio rolando aceso pelo chão. Alcancei-o com a ponta do sapato e fiquei a esfregá-lo devagar. Era preciso desviar o assunto para aquele filho que estava ali, doente, embora. Mas vivo.
— E esse? Que idade tem?
— Vai completar um ano. — E, noutro tom, inclinando a cabeça para o ombro: — Era um menino tão alegre. Tinha verdadeira mania com mágicas. Claro que não saía nada, mas era muito engraçado... A última mágica que fez foi perfeita, vou voar! disse abrindo os braços. E voou.
Levantei-me. Eu queria ficar só naquela noite, sem lembranças, sem piedade. Mas os laços (os tais laços humanos) já ameaçavam me envolver. Conseguira evitá-los até aquele instante. E agora não tinha forças para rompê-los.
— Seu marido está à sua espera?
— Meu marido me abandonou.
Sentei-me e tive vontade de rir. Incrível. Fora uma loucura fazer a primeira pergunta porque agora não podia mais parar, ah! aquele sistema dos vasos comunicantes.
— Há muito tempo? Que seu marido...
— Faz uns seis meses. Vivíamos tão bem, mas tão bem. Foi quando ele encontrou por acaso essa antiga namorada, me falou nela fazendo uma brincadeira, a Bila enfeiou, sabe que de nós dois fui eu que acabei ficando mais bonito? Não tocou mais no assunto. Uma manhã ele se levantou como todas as manhãs, tomou café, leu o jornal, brincou com o menino e foi trabalhar. Antes de sair ainda fez assim com a mão, eu estava na cozinha lavando a louça e ele me deu um adeus através da tela de arame da porta, me lembro até que eu quis abrir a porta, não gosto de ver ninguém falar comigo com aquela tela no meio... Mas eu estava com a mão molhada. Recebi a carta de tardinha, ele mandou uma carta. Fui morar com minha mãe numa casa que alugamos perto da minha escolinha. Sou professora.

Olhei as nuvens tumultuadas que corriam na mesma direção do rio. Incrível. Ia contando as sucessivas desgraças com tamanha calma, num tom de quem relata fatos sem ter realmente participado deles. Como se não bastasse a pobreza que espiava pelos remendos da sua roupa, perdera o filhinho, o marido, via pairar uma sombra sobre o segundo filho que ninava nos braços. E ali estava sem a menor revolta, confiante. Apatia? Não, não podiam ser de uma apática aqueles olhos vivíssimos, aquelas mãos enérgicas. Inconsciência? Uma certa irritação me fez andar.

— A senhora é conformada.
— Tenho fé, dona. Deus nunca me abandonou.
— Deus — repeti vagamente.
— A senhora não acredita em Deus?
— Acredito — murmurei. E, ao ouvir o som débil da minha afirmativa, sem saber por quê, perturbei-me. Agora entendia. Aí estava o segredo daquela segurança, daquela calma. Era a tal fé que removia montanhas...

Ela mudou a posição da criança, passando-a do ombro direito para o esquerdo. E começou com voz quente de paixão:
— Foi logo depois da morte do meu menino. Acordei uma noite tão desesperada que saí pela rua afora, enfiei um casaco e saí descalça e chorando feito louca, chamando por ele! Sentei num banco do jardim onde toda tarde ele ia brincar. E fiquei pedindo, pedindo com tamanha força, que ele, que gostava tanto de mágica, fizesse essa mágica de me aparecer só mais uma vez, não precisava ficar, se mostrasse só um instante, ao menos mais uma vez, só mais uma! Quando fiquei sem lágrimas, encostei a cabeça no banco e não sei como dormi. Então sonhei e no sonho Deus me apareceu, quer dizer, senti que ele pegava na minha mão com sua mão de luz. E vi o meu menino brincando com o Menino Jesus no jardim do Paraíso. Assim que ele me viu, parou de brincar e veio rindo ao meu encontro e me beijou tanto, tanto... Era tamanha sua alegria que acordei rindo também, com o sol batendo em mim.

Fiquei sem saber o que dizer. Esbocei um gesto e em seguida, apenas para fazer alguma coisa, levantei a ponta do xale que cobria a cabeça da criança. Deixei cair o xale novamente e voltei-me para o rio. O menino estava morto. Entrelacei as mãos para dominar o tremor que me sacudiu. Estava morto. A mãe continuava a niná-lo, apertando-o contra o peito. Mas ele estava morto.
Debrucei-me na grade da barca e respirei penosamente: era como se estivesse mergulhada até o pescoço naquela água. Senti que a mulher se agitou atrás de mim.
— Estamos chegando — anunciou.
Apanhei depressa minha pasta. O importante agora era sair, fugir antes que ela descobrisse, correr para longe daquele horror. Diminuindo a marcha, a barca fazia uma larga curva antes de atracar. O bilheteiro apareceu e pôs-se a sacudir o velho que dormia:
— Chegamos!... Ei! chegamos!
Aproximei-me evitando encará-la.
— Acho melhor nos despedirmos aqui — disse atropeladamente, estendendo a mão.
Ela pareceu não notar meu gesto. Levantou-se e fez um movimento como se fosse apanhar a sacola. Ajudei-a, mas ao invés de apanhar a sacola que lhe estendi, antes mesmo que eu pudesse impedi-lo, afastou o xale que cobria a cabeça do filho.
— Acordou o dorminhoco! E olha aí, deve estar agora sem nenhuma febre.
— Acordou?!
Ela sorriu:
— Veja...
Inclinei-me. A criança abrira os olhos — aqueles olhos que eu vira cerrados tão definitivamente. E bocejava, esfregando a mãozinha na face corada. Fiquei olhando sem conseguir falar.
— Então, bom Natal! — disse ela, enfiando a sacola no braço.

Sob o manto preto, de pontas cruzadas e atiradas para trás, seu rosto resplandecia. Apertei-lhe a mão vigorosa e acompanhei-a com o olhar até que ela desapareceu na noite. Conduzido pelo bilheteiro, o velho passou por mim retomando seu afetuoso diálogo com o vizinho invisível. Saí por último da barca. Duas vezes voltei-me ainda para ver o rio. E pude imaginá-lo como seria de manhã cedo: verde e quente. Verde e quente.

Festa

Wander Piroli

Atrás do balcão, o rapaz de cabeça pelada e avental olha o crioulão de roupa limpa e remendada, acompanhado de dois meninos de tênis branco, um mais velho e outro mais novo, mas ambos com menos de dez anos.

Os três atravessam o salão, cuidadosa mas resolutamente, e se dirigem para o cômodo dos fundos, onde há seis mesas desertas.

O rapaz de cabeça pelada vai ver o que eles querem. O homem pergunta em quanto fica uma cerveja, dois guaranás e dois pãezinhos.

— Duzentos e vinte.

O preto concentra-se, aritmético, e confirma o pedido.

— Que tal o pão com molho? — sugere o rapaz.

— Como?

— Passar o pão no molho da almôndega. Fica muito mais gostoso.

O homem olha para os meninos.

— O preço é o mesmo — informa o rapaz.

— Está certo.

Os três sentam-se numa das mesas, de forma canhestra, como se o estivessem fazendo pela primeira vez na vida.

O rapaz de cabeça pelada traz as bebidas e os copos e, em seguida, num pratinho, os dois pães com meia almôndega cada um. O homem e (mais do que ele) os meninos olham para dentro dos pães, enquanto o rapaz cúmplice se retira.

Os meninos aguardam que a mão adulta leve solene o copo de cerveja até à boca, depois cada um prova o seu guaraná e morde o primeiro bocado do pão. O homem toma a cerveja em pequenos goles, observando criteriosamente o menino mais velho e o menino mais novo absorvidos com o sanduíche e a bebida. Eles não têm pressa. O grande homem e seus dois meninos. E permanecem para sempre, humanos e indestrutíveis, sentados naquela mesa.

Meninão do Caixote

João Antônio

Foi o fim de Vitorino. Sem Meninão do Caixote, Vitorino não se agüentava.

Taco velho quando piora, se entreva duma vez. Tropicava nas tacadas, deu-lhe uma onda de azar, deu para jogar em cavalos. Não deu sorte, só perdeu, decaiu, se estrepou. Deu também para a maconha, mas a erva deu cadeia. Pegava xadrez, saía, voltava...

E assim, o corpo magro de Vitorino foi rodando São Paulo inteirinho, foi sumindo. Terminou como tantos outros, curtindo fome quietamente nos bancos dos salões e nos botecos.

•

Na rua vazia, calada, molhada, só chuva sem jeito; nem bola, nem jogo, nem Duda, nem nada.

Quando papai partiu no G.M.C., apertei meu nariz contra o vidro da janela, fiquei pensando nas coisas boas de Vila Mariana. Eram muito boas as coisas de Vila Mariana. Carrinho de rodas de ferro (carrinho de rolimã, como a gente dizia), pelada todas as tardes, papai me levava no caminhão... E eu mais Duda íamos nadar todos os dias na lagoa da estrada de ferro. Todos os dias, eu mais Duda.

A gente em casa apanhava, que nossas mães não eram sopa e com mãe havia sempre uma complicação. A camisa meio molhada, os cabelos voltavam encharcados, difícil disfarçar e a gente acabava apanhando. Apanhava, apanhava, mas valia. Puxa vida! A gente tirava a roupa inteirinha, trepava no barranco e "tichbum" — baque gostoso do corpo na água. Caía aqui, saía lá, quatro-cinco metros adiante. Ô gostosura que era a gente debaixo da água num mergulhão demorado!

Agora, na Lapa, numa rua sem graça, papai viajando no seu caminhão, na casa vazia só os pés de mamãe pedalavam na máquina de costura até a noite chegar. E a nova professora do grupo da Lapa? Mandava a gente à pedra, baixava os olhos num livro sobre a mesa. Como eu não soubesse, o tempo escorria mudo, ela erguia os olhos do livro, mandava-me sentar. Eu suspirava de alívio.

É. Mas não havia acabado não. À saída, naquele meu quinto ano, ela me passava o bilhete, que eu passaria a mamãe.

— Trazer assinado.

Coisas horríveis no bilhete, surra em casa.

Se Duda estivesse comigo eu não estaria bobeando, olhando a chuva. A gente arrumaria uns botões, eu puxaria o tapete da sala, armaria as traves. Duda, aquele meu primo, é que era meu. Capaz de fazer trinta partidas, perder as trinta e não havia nada. Nem raiva, nem nada. Coçava a cabeça, saía para outra, a gente se entendia e recomeçava. Às vezes, até sorria:

— Você está jogando muito.

Mas agora a chuva caía e os botões guardados na gaveta da cômoda apenas lembravam que Duda ficara em Vila Mariana. Agora, a Lapa, tão chata, que é que tinha a Lapa? E exatamente numa rua daquelas, rua de terra, estreita e sempre vazia. Havia também uma professora que lia o seu livro e me esquecia abobalhado à frente da lousa. Depois... O bilhete e a surra. É. Bilhete para minha mãe me bater, castigo, surra, surra. E papai que viajava no seu caminhão, e quando viajava se demorava dois-três meses.

Era um caminhão, que caminhão! Um G.M.C. novo, enorme, azul, roncava mesmo. E a carroceria era um tanque para transportar óleo. Não era caminhão simples não. Era carro-tanque e G.M.C. Eu sabia muito bem — ia e voltava trans-

portando óleo para a cidade de Patos, na Paraíba. Outra coisa — Paraíba, capital João Pessoa, papai sempre me dizia. Mamãe não gostava daquele jeito de papai, jeito de moço folgado, que sai e fica fora o tempo que bem entende. Também não gostava que ele me fizesse todos os gostos, pois, estes, ele fazia mesmo. Era só pedir. Papai vivia de brincadeira e de caçoada quando estava em casa, e eu o ajudava a caçoar de mamãe, do que ele muito gostava. Mamãe ia agüentando, agüentando, com aquele jeito calmo que tinha. Acabava sempre estourando, perdia a resignação de criatura pequena, baixinha, botava a boca no mundo:
— Dois palermas! Não sei o que ficam fazendo em casa.
Papai virava-se, achava mais divertido. E sorríamos os dois.
— Ora, o quê! Pajeando a madame.
Eu achava tão engraçado, me assanhava em liberdades não-dadas.
— Exatamente.
Então, o chinelo voava. Eu apanhava e papai ficava sério e saía. Ia ver o caminhão, ia ao bar tomar cerveja, conversar, qualquer coisa. Naquele dia não falava mais nem com ela nem comigo.

Lá em Vila Mariana ouvia uma vez da boca de uma vizinha que mamãe era meio velha para ele e até meio feia. Velha, podia ser. Feia, não. Tinha um corpo pequeno, era baixinha, mas não era feia.

Bem. O que interessa é que papai tinha um G.M.C., um carro-tanque G.M.C., e que enfiava o boné de couro, ajeitava-se no volante e saía por estas estradas roncando como só ele.

Mas agora era a Lapa, não havia Duda, havia era chuva na rua feia e papai estava fora. Lá na cidade de Patos, tão longe de São Paulo... Lá num ponto pequenino, quase fechando na curva do mapa.

— Menino, vai buscar o leite.
Pararam os pés no pedal, parei o passeio do dedo na cartografia, as pernas jogadas no soalho, barriga no chão, onde

estirado eu pensava num G.M.C. carro-tanque e no boné de couro de papai. Ergui-me, limpei o pó da calça. Uma preguiça...
— Mas está chovendo...
Veio uma repreensão incisiva. Mamãe nervosa comigo, por que sempre nervosa? Quando papai não estava, os nervos de mamãe ferviam. Tão boa sem aqueles nervos... Sem eles não era preciso que eu ficasse encabulado, medroso, evitando irritá-la mais ainda, catando as palavras, delicado, tateando. Ficava boçal, como quando ia limpar a fruteira de vidro da sala de jantar, aquele medo de melindrar, estragar o que estava inteiro e se faltasse um pedaço já não prestaria mais. Peguei o litro e saí.
Na rua brinquei, com a lama brinquei. O tênis pisava na água, pisava no barro, pisava na água, pisava no barro, pisava na água, pisava no barro, pisava...
— Dá um litro de leite.
A dona disse que não tinha. Risinho besta me veio aos lábios, porque naquelas ocasiões papai diria: "E fumo em corda não tem?"
O remédio era ir buscar ao Bar Paulistinha, onde eu nunca havia entrado. Quando entrei, a chuvinha renitente engrossou, trovão, trovão, um traço rápido cor de ouro lá no céu. O céu ficou parecendo uma casca rachada. E chuva que Deus mandava.
— Essa não!
Fiquei preso ao Bar Paulistinha. Lá fora, era vento que varria. Vento varrendo chão, portas, tudo. Sacudiu a marca do ponto do ônibus, levantou saias, papéis, um homem ficou sem chapéu. Gente correu para dentro do bar.
— Entra, entra!
O dono do bar convidava com o ferro na mão. Depois desceu as portas, bar cheio, os luminosos se acenderam, xícaras retinindo café quente, cigarros, conversas sobre a chuva.
No Paulistinha havia sinuca e só então eu notei. Pedi uma beirada no banco em volta da mesa, ajeitei o litro de leite entre as pernas.

— Posso espiar um pouco?
Um homem feio, muito branco, mas amarelado ou esbranquiçado, eu não discernia, um homem de chapéu e de olhos sombreados, os olhos lá no fundo da cara, braços finos, tão finos, se chegou para o canto e largou um sorriso aberto:
— Mas é claro, garotão!
Fiquei sem graça. Para mim, moleque afeito às surras, aos xingamentos, leves e pesados que um moleque recebe, aquela amabilidade me pareceu muita.
O homem dos olhos sombreados, sujeito muito feio, que sujeito mais feio! No seu perfil de homem de pernas cruzadas, a calça ensebada, a barba raspada, o chapéu novo, pequeno, vistoso, a magreza completa. Magreza no rosto cavado, na pele amarela, nos braços tão finos. Tão finos que pareciam os meus, que eram de menino. E magreza até no contorno do joelho que meus olhos adivinhavam debaixo da calça surrada.
Seus olhos iam na pressa das bolas na mesa, onde ruídos secos se batiam e cores se multiplicavam, se encontravam e se largavam, combinadamente. A cabeça do homem ia e vinha. Quando em quando, a mão viajava até o queixo, parava. Então, seguindo a jogada, um deboche nos beiços brancos ou uma aprovação nos dedos finos, que se alongavam e subiam.
— Larga a brasa, rapaz!
A mão subia, o indicador batia no médio e no ar ficava o estalo.
Aquela fala diferente mandava como nunca vi. Picou-me aquela fala. Um interesse pontudo pelo homem dos olhos sombreados. Pontudo, definitivo. O que fariam os dedos tão finos e feios?
— Larga a brasa, rapaz!
Quando o jogo acabou o homem estava numa indignação que metia medo. Deu com o dedo na pala e se levantou.
— Parei com este jogo!
Eu já não entendia — aquilo se jogava a dinheiro. Bem. E por que ele dava o dinheiro se não havia jogado?

— Ô Vitorino, você quer café?
Um outro que o chamava, com o mesmo jeito na fala. Vitorino. Para mim, o nome era igualzinho à pessoa. Duas coisas nunca vistas e muito originais. O homem dos olhos sombreados sorriu aberto. A indignação foi embora nos dentes pretos de fumo. O homem na sua fala sorriu e foi para o companheiro que o chamava, lá da ponta do balcão. Falou como se fizesse uma arte:
— Ô adivinhão!

•

Um prédio velho da Lapa-de-baixo, imundo, descorado, junto dos trilhos do bonde. À entrada ficavam tipos vadios, de ordinário discutindo jogo, futebol e pernas que passavam. Pipoqueiro, jornaleiro, o bulício da estrada de ferro. A entrada era de um bar como os outros. Depois o balcão, a prateleira de frutas, as cortinas. Depois das cortinas, a boca do inferno ou bigorna, gramado, campo, salão... Era isso o Paulistinha.

As tardes e os domingos no canto do banco espiando a sinuca. Ali, ficar quieto, no meu canto, como era bom!

Partidas baratas e partidas caras. Funcionavam supetões, palpitações e suor frio. Sorrisos quietos, homens secos, amarelos, pescoços de galinha, olhos fundos nas caras magras. Aqueles não dormiam, nem comiam. E o dinheiro na caçapa parecia vibrar também, como o taco, como o giz, como os homens que ali vibravam. Picardia, safadeza, marmeladas também. O jogo enganando torcidas para coleta das apostas.

Vitorino era o dono da bola. Um cobra. O jeito camarada ou abespinhado de Vitorino, chapéu, voz, bossa, mãos, seus olhos frios medidores. O máximo, Vitorino. No taco e na picardia.

Saía, fazia que ia brincar. Ficava lá no meu canto, procurando compreender. Os homens brincavam:
— Ô meninão!

Eu sorria, como que recompensado. Aquele dera pela minha presença. Um outro virava-se:

— Ô meninão, você está aí?

Meninão, meninão, meu nome ficou sendo Meninão.

•

Os pés de mamãe na máquina de costura não paravam. Para mim, Vitorino abria uma dimensão nova. As mesas. O verde das mesas, onde passeava sempre, estava em todas, a dolorosa branca, bola que cai e castiga, pois o castigo vem a cavalo.

Para mim, moleque fantasiando coisas na cabeça...

Um dia peguei no taco.

•

Joguei, joguei muito, levado pela mão de Vitorino, joguei demais.

Porque Vitorino era um bárbaro, o maior taco da Lapa e uma das maiores bossas de São Paulo. Quando nos topamos Vitorino era um taco. Um cobra. E para mim, menino que jogava sem medo, porque era um menino e não tinha medo, o que tinha era muito jeito, Vitorino ensinava tudo, não escondia nada.

Só joguei em bilhares suburbanos onde a polícia não batia, porque era um menino. Mas minha fama correu, tive parceirinhos que vinham, vinham de muito longe à Lapa para me ver. Viam e se encabulavam. E depois carregavam nas apostas. Fama de menino-absurdo, de máximo, de atirador, de bárbaro. Eu jogando, as apostas corriam, as apostas cresciam, as apostas dobravam em torno da mesa. E os salões se enchiam de curiosos humildes, quietos, com os olhos nas bolas. Era um menino, jogava sem medo.

Eu era baixinho como mamãe. Por isso, para as tacadas longas era preciso um calço. Pois havia. Era um caixote de lei-

te condensado que Vitorino arrumou. Alcançando altura para as tacadas, eu via a mesa de outro jeito, eu ganhava uma visão! Porque não se mostrasse, meu jogo iludia, confundia, desnorteava. Muitos não acreditavam nele. Também por isso rendia... E desenvolvia um jogo que enervava um santo. Jogo atirado, incisivo, de quem emboca, emboca, mas o jogo não aparece no começo. Vai aparecer no fim da partida, depois da bola três, quando não há mais jeito para o adversário. As apostas contrárias iam por água abaixo.
Porque me trepasse num caixote e porque já me chamassem Meninão...
Meninão do Caixote... Este nome corre as sinucas da baixa malandragem, corre Lapa, Vila Ipojuca, corre Leopoldina, chega a Pinheiros, vai ao Tucuruvi, chegou até Osasco. Ia indo, ia indo. Por onde eu passava, meu nome ficava. Um galinho de briga, no qual muitos apostavam, porque eu jogava, ia lá ao fogo do jogo e trazia o dinheiro.
Lá ia eu, Meninão do Caixote, um galinho de briga. Um menino, não tinha quinze anos.

•

    Crescia, crescia o meu jogo no tamanho novo do meu nome.
    Tacos considerados vinham me ver, vinham de longe, namoravam a mesa, conversavam comigo, passavam horas espiando o meu jogo. Eu sabia que me estudavam, para depois virem. Viessem... Eu andava certo como um relógio. Não me afobava, Vitorino me ensinou. A gente joga para a gente, a assistência que se amole. E meu jogo nem era bonito, nem era estiloso, que eu jogava para mim e para Vitorino. O caixote arrastado para ali, para além, para as beiradas da mesa.
    Minha vida ferveu. Ambientes, ambientes do joguinho. No fundo, todos os mesmos e os dias também iguais. Meus olhos nas coisas. O trouxa, a marmelada, o inveterado, traição, traição. Ô Deus, como... por que é que certos tipos se

metiam a jogar o joguinho? Meus olhos se entristeciam, meus olhos gozavam. Mas havendo entusiasmo, minha vida ferveu. Conheci vadios e vadias. Dei-me com toda a canalha. Aos catorze, num cortiço da Lapa-de-baixo conheci a primeira mina. Mulatinha, empregadinha, quente. Ela gostava da minha charla, a gente se entendia. Eu me lembro muito bem. Às quintas-feiras, quatro pancadas secas na porta. Duas a duas. Na sinuca, Vitorino e eu, duas forças. Nas rodas do joguinho, nas curriolas, apareceu uma frase de peso, que tudo dizia e muito me considerava.

— Este cara tá embocando que nem Meninão do Caixote!

Combati, topei paradas duras. Combati com Narciso, com Toniquinho, Quaresmão, Zé da Lua, Piauí, Tiririca (até com Tiririca!), Manecão, Taquara, com os maiores tacos do tempo, nas piores mesas de subúrbio, combati e ganhei. Certeza? Uma coisa ia comigo, uma calma, não sei. Eles berravam, xingavam, cantavam, eu não. Preso às bolas, só às bolas. Ia lá e ganhava.

•

Umas coisas já me desgostavam.

Jogava escondido, está claro. Brigas em casa, choro de mamãe. Eu não levantava a crista não. Até baixava a cabeça.

— Sim senhora.

Mas a malandragem continuava, eu ia escorregando difícil, matando aulas, pingando safadezas. O colégio me enfarava, era isto. Não conseguia prender um pensamento, dando de olhos nos companheiros entretidos com latim e matemática.

— Cambada de trouxas!

Dureza, aquela vida: menino que estuda, que volta à casa todos os dias e que tem papai e tem mamãe. Também não era bom ser Meninão do Caixote, dias largado nas mesas da boca do inferno, considerado, bajulado, mandão, cobra. Mas abastecendo meio mundo e comendo sanduíche, que sinuca é ambiente da maior exploração. Dava dinheiro a muito vadio, era a estia, gratificação que o ganhador dá. Dá por dar, depois do jogo. Acontece que quem não dá, acaba mal. Não custa a curriola atracar a gente lá fora.

Vitorino era meu patrão. Patroou partidas caríssimas, partidas de quinhentos mil-réis. Naquele tempo, quinhentos mil-réis. Punha-me o dinheiro na mão, mandava-me jogar. Fechava os olhos que o jogo era meu. E era.

— Vai firme!

Às vezes, jogo é jogo, a vantagem do adversário era enorme. E havia três bolas na mesa. Apenas. O cinco, o seis e o sete. Meus olhos interrogavam os olhos sombreados de Vitorino. Sua mão subia no velho gesto, o indicador batendo no médio e no ar ficava o estalo. Enviava:

— Vai pras cabeças! Belisca esse homem, Meninão! — e eu beliscava, mordia, furtava, tomava, entortava, quebrava. Vitorino era o patrão, eu ganhava, dividíamos a grana. Aquilo. Aquilo me desgostava. Ô divisão cheia de sócios, de nomes, de mãos a pegarem no meu dinheiro!

Por exemplo: ganhava um conto de réis. Dividia com Vitorino, só me sobravam quinhentos. Pagava tempo e despesas, já eram só quatrocentos. Dava estia ao adversário: lá se iam mais dez por cento — só me sobravam trezentos. Dez por cento sobre um conto. Dava mais alguma estia... Ganhava um conto de réis, ficava só com duzentos.

Estava era sustentando uma cambada, sustentando Vitorino, seus camaradas, suas minas, seus...

— Um dia mando tudo pra casa do diabo.

Não mandava ninguém. Vitorino trocava as bolas, mexia os pauzinhos, fazia negaça, eu aceitava a sua charla macia.

Uma vez, quebrando Zé da Lua, jogador fino, malandro perigoso da caixeta, do baralho e da sinuca, eu ouvi esta, depois de ganhar dois contos:

— Meu, neste jogo não tem malandro.

E eu ia aprendendo — o joguinho castiga por princípio, castiga sempre, na ida e na vinda o jogo castiga. Ganhar ou perder, tanto faz.

Tinha juízo aquele Zé da Lua.
O jogo acabava, eu pegava os duzentos mil-réis, tocava para casa. Ia murcho. Haveria briga com mamãe.

•

Jogo e minas.
E papai estando fora, eu já fazia madrugada, resvalando, sorrateiro. Eu evoluí um truque para a janela do meu quarto em noite alta eu chegando. Meter o ferro enviesado, por fora; destravar o fecho vertical...
Mamãe me via chegar, e às vezes fingia não ver. Depois, de mansinho, eu me deitava. E depois vinha ela e eu fingia dormir. Ela sabia que eu não estava dormindo. Mas mamãe me ajeitava as cobertas e aquilo bulia comigo. Porque ia para o seu canto, chorosa.
Mamãe, coitadinha.

•

Larguei uma, larguei duas, larguei muitas vezes o joguinho.
Entrava nos eixos. No colégio melhorava, tornava-me outro, me ajustava ao meu nome.
Vitorino arrumava um jogo bom, me vinha buscar. Eu desguiando, desguiando, resistia. Ele dando em cima. Se papai estava fora, eu acabava na mesa. Tornava à mesa com fome das bolas, e era uma piranha, um relógio, um bárbaro. Jogando como sabia.
Essas reaparições viravam boato, corriam os salões, exageravam um Meninão do Caixote como nunca fui.
Vitorino, traquejado. Começava a exploração. Eu caía, por princípio; depois explodia, socava a mesa:
— Este joguinho de graça é caro!
Fechava a mão, batia e jurava em cima da mesa.
Mamãe readquiria seu jeito quieto, criatura miúda. Os pés pequenos voltavam a pedalar descansados.

Tiririca, o grande Tiririca, elas por elas, era quase taco invicto antes do meu surgimento. E não parava jogo perdendo, empenhava o relógio, anel, empenhava o chapéu, mas o jogo não parava. Ficava fervendo, uma raiva presa, que o deixava fulo, branco, furta-cor... Os parceirinhos gozavam à boca pequena.
— O bicho tá tiririca.
Ficou se chamando Tiririca. Mas era um grande taco. Perdendo é que era grande. Mineiro, mulato, teimoso, tanta mancha, quanta fibra. Um brigador. Um dos poucos que conheci com um estilo de jogo. Bonito, com puxadas, com efeitos, com um domínio da branca! Classe. Joguinho certo, ô batida de relógio, aparato, fantasia, cadência, combinação, ô tacada de feliz acabamento! A sua força eram as forras. Os revides em grande estilo. Porque para Tiririca tanto fazia jogar uma hora, doze horas ou dois dias. O homem ficava verde na mesa, curtia sono e curtia fome, mas não dava o gosto.
— O jogo é jogado, meu.
Levava a melhor vida. Vadiava, viajava, tinha patrões caros, consideração dos policiais. E se o jogo minguava, Tiririca largava o taco e torcia o nariz com orgulho:
— Eu tenho meus bons ofícios.
Ia trabalhar como poceiro.
Bem. Tiririca se encabulou comigo, estrebuchou, rebolou comigo durante sete horas e perdeu. Tudo. Empenhou o paletó por cinqüenta mil-réis e perdeu.
— Esse moleque não é Deus!
Bem. Voltava agora, com a sede e o dinheiro, exigindo o reencontro, prometendo me estraçalhar.
— Quero a forra.
Vitorino me buscou. Eu não queria mais nada.
Do lado de lá da rua, em frente ao colégio, Vitorino estava parado. Passavam ônibus, crianças, passavam mulheres, bon-

des. Vitorino ficava. Dois meses sem vê-lo e ele era o mesmo. Eu lhe explicaria bem devagar que não queria mais nada com o joguinho. As coisas passavam de novo, Vitorino ficava. Ficava, ficava. Seu chapéu, suas mãos, sua camisa sem gravata. Magro, encardido, trapo, caricatura. Desguiei, busquei um modo:
— Não dá pé.
Vitorino cortou com um agrado rasgado. Como escapar àquele raio de simpatia e à fala camarada? Vitorino tinha uma bossa que não acabava mais! Afinal, cedi para bater um papo. Afinal, entre tacos...
— Nego, não dá pé.
Tiririca. A conversa já mudou. O malandro em São Paulo, querendo jogo comigo, aquilo me envaidecia... Tiririca me procurando.

Mas caí no meu tamanho, afrouxei, quase três meses sem pegar no taco, fora de forma, uma barata tonta, não daria mais nada.
— Que nada, meu!
Tiririca era um perigoso. Deveria estar tinindo.
— Mas você é a força!
Vitorino já me conhecia, agüentava, agüentava. Até que eu:
— Pois vou!
Ele se abriu no macio rebolado:
— Aí, meu Meninão do Caixote!

•

Era um domingo.
Dia claro, intenso, desses dias de outubro. Um sol... Desses dias de São Paulo, que ninguém precisa dizer que é domingo. Inesperados, dadivosos, e no entanto, malucos — costumam virar duma hora para outra.
O último jogo. O jogo era em Vila Leopoldina, que assim marcou Tiririca. No ônibus uma coisa ia comigo. Era o último, perdesse ou ganhasse. Bem falando, eu não queria

nem jogar, ia só tirar uma cisma, quebrar Tiririca duma vez, acabar com a conversa. Não por mim, que eu não queria jogo. Mas pelo gosto de Vitorino, da curriola, não sabia. Saltei na rua de terra.
Ninguém precisava dizer que aquilo era um domingo...
— Ô Meninão do Caixote!
Na manhã quente, um que me saudava. Cobra já conhecido e muito considerado, eu encontrava, nos bilhares, amigos de muitos lados.
Prometera voltar à casa para o almoço. Claro que voltaria. Tiririca era duro, eu sabia. Deixá-lo. Eu lhe quebraria a fibra. Fibra, orgulho, teima, eu mandaria tudo para a casa do diabo. Já havia mandado uma vez...
A curriola estava formada quando o jogo começou.
O salão se povoou, se encheu, ferveu. Gente por todo o canto, assim era quando eu jogava e os homens carregavam apostas entre si. O dono do bar me sorria, vinha trazer o giz americano, vinha me adular. Eu cobra, mandão. As mãos de Vitorino atiçavam.
— Larga a brasa, Meninão! Dá-lhe, Meninão! Vamos deixar esse cara duro, durinho. De pernas pro ar!
Desacatos fazem parte da picardia do jogo. E na encabulação e no desacato Vitorino era professor.
Mas Tiririca estava terrível. Afiado, comendo as bolas, embocando tudo, naquele domingo estava terrível. Contudo, na sinuca eu trazia uma coisa comigo. Mais jogasse o parceirinho, mais eu jogaria. Uma vontade, desesperada, me crescia, me tomava por inteiro e eu me aferrava. Jogava o jogo. Suor, apertava os beiços e me atirava. Não queria saber de mais nada. Então, era um relógio, um bárbaro no fogo do jogo, não havia mais taco para mim. E se o jogo era mole eu também me afrouxava.
Tiririca era um sujeito de muito juízo. Mas na velha picardia, eu lhe fui mostrando aos poucos os meus dentes de piranha. E quando o mulato quis embalar o jogo, a linha de frente era minha.

Uma e meia no relógio do bar e eu pensei em mamãe. Ali, rodando a mesa, o caixote para aqui, para ali, como as horas voavam!

Começamos, por fim, as partidas de um conto. Fui ao mictório, urinei, lavei a cara. Lavando aos poucos, molhando as pálpebras, deixando a água escorrer. Pensei com esperança em liquidar logo aquele jogo; mamãe estaria esperando.

Voltei, ajeitei o caixote. A curriola me olhava. Assim, sempre assim, os olhos abotoados na gente, tudo para enervar. Raiva daquele jogo não acabar duma vez. Passei giz americano no taco.

— A saída é minha.

Como aquilo se prolongava e como era dolorido! Ganhei uma, ganhei duas. Tiririca estava danado.

— Vai a dois contos! Se eu perder, paro o jogo.

Tiririca parar o jogo? Parava nada, aquele não parava. Perdia as cuecas, perdia os cabelos, mas o jogo não parava.

No entanto, daquela mão, o mineiro já estava quebrado, sem nada, quebradinho. Arriscando os últimos. Vitorino sério, firme, de pé, era muito dinheiro numa partida. E se o jogo virasse?... A força de Tiririca eram as forras.

Suspirei, alívio, suor frio, luz da esperança. Luz da certeza, que o jogo era meu! Estourei num entusiasmo bruto, que a curriola se espantou. Minha mão se fechou no ar e o indicador quase espetava o peito de Tiririca.

— Vou te quebrar, moço. Vou te roubar depressinha!

O mineiro dissimulava a raiva:

— O jogo é jogado...

Puxei o caixote, ajeitei, giz no taco, bastante giz, giz americano, do bom! E saí pela bola cinco!

Uma saída maluca, Vitorino reprovou. Mas o cinco caiu. Vitorino suspirou:

— Que bola!

A curriola se assanhou, cochichos, apostas se dobravam.

Elogiado, embalado, joguei o jogo. Joguei o máximo, na batida em que ia, Tiririca nem teria tempo de jogar, que eu ia fechar o jogo, acabar com as bolas. Ia cantando os pontos:
— Vinte e seis.
A curriola estava boba. O dono do bar parado, na mão um litro vazio de boca para baixo. Vitorino saltou da cadeira, açambarcou todas as alegrias do salão, virou o dono da festa. Numa agitação de criança, erguia o braço magrelo.
— Este bichinho se chama Meninão do Caixote!
Tiririca estatelado, escorava-se ao taco. Batido, batidinho. Uma súplica nos olhos do malandro, quando a bola era lenta e apenas deslizava mansinha, no pano verde. Tiririca perdia a linha:
— Não cai, morfética!
A bola caía. Eu ia embocando e cantando:
— Setenta e um...
Duas bolas na mesa — o seis e o sete. Dei de olhos na colocação da branca, nas caçapas, nas tabelas, e me atirei. Duas vezes meti o seis e o sete meti duas vezes. Fechei a partida com noventa pontos; foram vinte minutos embocando bolas, um bárbaro, embocando, contando pontos e Tiririca não teve chance. Ali, parado, olhando, o taco na mão.
O jogo acabou. Primeiras discussões em torno da mesa, gabos, trocas de dinheiro.
Vinha chorosa de fazer dó. Mamãe surgindo na cortina verde, vinha miudinha, encolhida, trazendo uma marmita. Não disse uma palavra, me pôs a marmita na mão.
— O seu almoço.
Um frio nas pernas, uma necessidade enorme de me sentar. E uma coisa me crescendo na garganta, crescendo, a boca não agüentava mais, senti que não agüentava. Ninguém no meu lugar agüentaria mais. Ia chorar, não tinha jeito.
— Que é? Que é isso? Ô Meninão!
Assim me falavam e ao de leve, por trás, me apertavam os braços. Se foi Vitorino, se foi Tiririca, não sei. Encolhi-me.

O choro já serenado, baixo, sem os soluços. Mas era preciso limpar os olhos para ver as coisas direito. Pensei, um infinito de coisas batucaram na cabeça. As grandes paradas, dois anos de taco, Taquara, Narciso, Zé da Lua, Piauí, Tiririca... Tacos, tacos. Todos batidos por mim. E agora, mamãe me trazendo almoço... Eu ganhava aquilo? Um braço me puxou.
— Me deixa.
Falei baixo, mais para mim do que para eles. Não ia mais pegar no taco. Tivessem paciência. Mas agora eu estava jurando por Deus. Larguei as coisas e fui saindo. Passei a cortina, num passo arrastado. Depois a rua. Mamãe ia lá em cima. Ninguém precisava dizer que aquilo era um domingo... Havia namoros, havia vozes e havia brinquedos na rua, mas eu não olhava. Apertei meu passo, apertei, apertando, chispei. Ia quase chegando. Nossas mãos se acharam. Nós nos olhamos, não dissemos nada. E fomos subindo a rua.

As noites de João Antônio

João Antônio viveu o ambiente boêmio da noite e dos bares, retratando-os nas suas crônicas.

João Antônio nasceu em São Paulo, em 1937. Aos 17 anos começou a freqüentar os salões de sinuca de São Paulo. Essa experiência noturna foi fundamental na concepção de *Malagueta, Perus e Bacanaço,* livro de contos publicado em 1963 e só depois de totalmente reescrito, já que os originais se perderam num incêndio.

Em 1958, além de começar o curso de jornalismo, foi premiado em dois concursos de contos: o da revista *Cigarra* e o do jornal *Tribuna da Imprensa*. E não parou por aí. Em 1963 ganhou o Prêmio Fábio Prado e dois Jabuti (Revelação de Autor e Melhor Livro de Contos do Ano). No ano seguinte, mudou-se para o Rio de Janeiro para trabalhar no *Jornal do Brasil*. Em 1966, voltou para São Paulo e participou da criação da revista *Realidade*.

Muitos de seus livros foram traduzidos para diversas línguas e publicados em países como Venezuela e Tchecoslováquia.

João Antônio faleceu em 11 de outubro de 1996, no Rio de Janeiro.

Referências bibliográficas

Os textos que compõem esta antologia foram extraídos das seguintes obras:

Clarice Lispector
Cem anos de perdão. In: *Felicidade clandestina*. 4. ed. Rio de Janeiro, Nova Fronteira, 1981. p. 60-2.

Macacos. In: *A legião estrangeira*. 3. ed. São Paulo, Ática, 1982. p. 45-8.

João Antônio
Meninão do Caixote. In: *Malagueta, Perus e Bacanaço*. 7. ed. Rio de Janeiro, Record, 1980. p. 81-99.

Lygia Fagundes Telles
Dezembro no bairro. In: *Seleta*. São Paulo, Martins, 1965. p. 117-26.

Natal na barca. In: *Seleta*. São Paulo, Boa Leitura, 1961. p. 177-82.

Machado de Assis
Conto de escola. In: *Contos* (seleção). 9. ed. São Paulo, Ática, 1982. p. 25-30.

Um apólogo. In: *Contos* (seleção). 9. ed. São Paulo, Ática, 1982. p. 73-4.

Moacyr Scliar
Cego e amigo Gedeão à beira da estrada. In: *Carnaval dos animais*. 3. ed. Porto Alegre, Movimento, 1978. p. 32-4.

Nós, o pistoleiro, não devemos ter piedade. In: *Carnaval dos animais*. 3. ed. Porto Alegre, Movimento, 1978. p. 30-1.

Murilo Rubião
A armadilha. In: *A casa do girassol vermelho.* 3. ed. São Paulo, Ática, 1980. p. 44-8.

Teleco, o coelhinho. In: *O pirotécnico Zacarias.* 8. ed. São Paulo, Ática, 1981. p. 21-8.

Wander Piroli
Trabalhadores do Brasil. In: *A mãe e o filho da mãe.* Belo Horizonte, Comunicação, 1966. p. 61-4.

Festa. In: *A mãe e o filho da mãe.* Belo Horizonte, Comunicação, 1966. p. 59-60.

Coleção
PARA GOSTAR DE LER

Vol. de 1 a 5 - Crônicas
Carlos Drummond de Andrade, Fernando Sabino, Paulo Mendes Campos e Rubem Braga

Vol. 6 - Poesias
José Paulo Paes, Henriqueta Lisboa, Mário Quintana e Vinícius de Moraes

Vol. 7 - Crônicas
Carlos Eduardo Novaes, José Carlos Oliveira, Lourenço Diaféria e Luís Fernando Veríssimo

Vol. de 8 a 10 - Contos Brasileiros
Clarice Lispector, Graciliano Ramos, Ignácio de Loyola Brandão, Lima Barreto, Lygia Fagundes Telles, Mário de Andrade e outros

Vol. 11 - Contos universais
Edgar Allan Poe, Franz Kafka, Miguel de Cervantes e outros

Vol. 12 - Histórias de detetive
Conan Doyle, Edgar Allan Poe, Marcos Rey e outros

Vol. 13 - Histórias divertidas
Fernando Sabino, Machado de Assis, Luís Fernando Veríssimo e outros

Vol. 14 - O nariz e outras crônicas
Luís Fernando Veríssimo

Vol. 15 - A cadeira do dentista e outras crônicas
Carlos Eduardo Novaes

Vol. 16 - Porta de colégio e outras crônicas
Affonso Romano de Sant'Anna

Vol. 17 - Cenas brasileiras - Crônicas
Rachel de Queiroz

Vol. 18 - Um país chamado Infância - Crônicas
Moacyr Scliar

Vol. 19 - O coração roubado e outras crônicas
Marcos Rey

Vol. 20 - O golpe do aniversariante e outras crônicas
Walcyr Carrasco

Vol. 21 - Histórias fantásticas
Edgar Allan Poe, Franz Kafka, Murilo Rubião e outros

Vol. 22 - Histórias de amor
William Shakespeare, Lygia Fagundes Telles, Machado de Assis e outros

Vol. 23 - Gol de padre e outras crônicas
Stanislaw Ponte Preta

Vol. 24 - Balé do pato e outras crônicas
Paulo Mendes Campos

Vol. 25 - Histórias de aventuras
Jack London, O. Henry, Domingos Pellegrini e outros

Vol. 26 - Fuga do hospício e outras crônicas
Machado de Assis

Vol. 27 - Histórias sobre Ética
Voltaire, Machado de Assis, Moacyr Scliar e outros

Vol. 28 - O comprador de aventuras e outras crônicas
Ivan Angelo

Vol. 29 - Nós e os outros - histórias de diferentes culturas
Gonçalves Dias, Monteiro Lobato, Pepetela, Graciliano Ramos e outros

Vol. 30 - O imitador de gato e outras crônicas
Lourenço Diaféria

Vol. 31 - O menino e o arco-íris e outras crônicas
Ferreira Gullar

Vol. 32 - A casa das palavras e outras crônicas
Marina Colasanti